© La Prensa

Nacida en Managua, Nicaragua, GIOCONDA BELLI es autora de una importante obra poética de reconocido prestigio internacional. Es autora de *La mujer habitada, Sofía de los presagios, Waslala, El taller de las mariposas,* un libro de memorias titulado *El país bajo mi piel* y *El pergamino de la seducción.* Belli, ganadora del Premio Biblioteca Breve 2008 por *El infinito en la palma de la mano,* es publicada por las editoriales más prestigiosas del mundo. Actualmente vive entre Estados Unidos y Nicaragua.

OTROS LIBROS POR GIOCONDA BELLI

EL INFINITO
EN LA PALMA DE LA MANO

EL INFINITO
EN LA PALMA DE LA MANO

Gioconda Belli

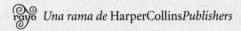

rayo *Una rama de* HarperCollins*Publishers*

Este libro fue publicado originalmente el año 2008 en España por
Editorial Planeta, S.A.

RAYO, PRIMERA EDICIÓN EN PASTA BLANDA, 2009

Library of Congress ha catalogado la edición en inglés.

ISBN-13: 978-0-06-172432-9

09 10 11 12 13   OFF/RRD   10 9 8 7 6 5 4 3 2 1

*Este libro está dedicado a las víctimas anónimas
de la guerra de Irak.
En algún lugar de esas tierras, entre el Tigris y el
Éufrates, hubo una vez un Paraíso.*

Y Babilonia se convertirá en ruinas, habitación de chacales, un espanto y un chillido desierto de vida.

JEREMÍAS LI 37

Y el final de todas nuestras exploraciones será llegar al lugar donde comenzamos y conocerlo por primera vez.

T. S. ELIOT

Para ver el mundo en un grano de arena,
Y el Cielo en una flor silvestre,
Abarca el infinito en la palma de tu mano
Y la eternidad en una hora.

W. BLAKE

NOTA DE LA AUTORA

Esta novela se originó en el asombro de descubrir lo desconocido en una historia que, por antigua, creía conocer de toda la vida.

Aunque siempre sentí fascinación por la narración bíblica del principio del mundo y sus primigenios protagonistas, la idea de reconstruir el drama de Adán y Eva en el Paraíso Terrenal fue el resultado de un hecho fortuito.

Forzada a esperar largo rato en la biblioteca de un familiar —una habitación pequeña con estantes en las cuatro paredes y cajas con tomos polvorientos apiladas en el suelo—, mis ojos vagaron por los anaqueles hacia los lomos de los libros. Sabía que eran ejemplares antiguos que el dueño terminaba de desempacar de una bodega donde habían estado guardados muchos años. Una colección de volúmenes marrones cuyos lomos acusaban el paso del tiempo llamó mi atención. Sobre el canto, en letras doradas, se leía el título: *Libros sagrados y literatura antigua de Oriente*. Más abajo especificaba: Babilonia, India, Egipto... hasta llegar al último tomo titulado: *Grandes libros secretos*.

Tomé este misterioso ejemplar y abrí intrigada sus amarillentas páginas. Según la introducción, se trataba de textos apócrifos, versiones del Viejo y Nuevo Testamento que, si bien habían sido escritas en la antigüedad, lo mismo que las versiones oficiales que componen la Biblia que hoy conocemos, no habían sido incorporadas por distintas razones al canon eclesiástico. Era una recopilación, afirmaba, de los grandes libros rechazados por quienes editaron los textos sagrados. Entre éstos figuraban los libros de Enoch, el Apocalipsis de Baruk, El Libro Perdido de Noé, Los Evangelios de Nicodemo y los Libros de Adán y Eva, que incluían: Las vidas de Adán y Eva, el Apocalipsis de Moisés y el libro Eslavónico de Eva.

Presa de la excitación de quien hace un apasionante descubrimiento, leí en primer lugar el texto sobre las vidas de Adán y Eva. La narración se iniciaba con la salida de ellos del Paraíso y contaba los trabajos y desconciertos que pasaron al encontrarse súbitamente despojados de todos sus privilegios en un mundo solitario y desconocido. Leyendo el texto apócrifo evoqué tan vívidamente la historia que aquella tarde decidí escribir sobre Adán y Eva.

Me tomó varios años investigar manuscritos e historias bíblicas perdidas. La búsqueda me condujo desde los pergaminos de la biblioteca de Nag Hammadi, encontrados por pastores en las cuevas del Alto Egipto en 1944, a los famosos y crípticos Pergaminos del mar Muerto, hallados en Wadi Qumran en 1947, hasta los Midrás, comentarios escritos durante siglos por doctos rabinos judíos, en su afán de aclarar el lenguaje poético, a veces oscuro, a veces contradictorio del Viejo Testamento.

Descubrí así que aunque Adán y Eva sólo ocupan cuarenta versículos del Génesis, su historia y la de sus hijos: Caín y Abel, Luluwa y Aklia, aparecen en numerosas relaciones e interpretaciones arcaicas.

Alimentada por estas lecturas llenas de revelaciones y fantásticas inferencias, di rienda suelta a mi imaginación para evocar en esta novela los entretelones insospechados de este antiguo drama, el paisaje surrealista del Paraíso y la vida de esta inocente, valiente y conmovedora pareja.

Sin ser religiosa, pienso que hubo una primera mujer y un primer hombre y que esta historia bien pudo haber sido la suya.

Ésta es pues una ficción basada en las muchas ficciones, interpretaciones y reinterpretaciones que alrededor de nuestro origen ha tejido la humanidad desde tiempos inmemoriales.

Es, en su asombro y desconcierto, la historia de cada uno de nosotros.

GIOCONDA BELLI

I

HOMBRE Y MUJER LOS CREÓ

CAPÍTULO 1

Y fue.

Súbitamente. De no ser, a ser consciente de que era. Abrió los ojos, se tocó y supo que era un hombre, sin saber cómo lo sabía. Vio el Jardín y se sintió visto. Miró a todos lados esperando ver a otro como él.

Mientras miraba, el aire bajó por su garganta y el frescor del viento despertó sus sentidos. Olió. Aspiró a pleno pulmón. En su cabeza sintió el revoloteo azorado de las imágenes buscando ser nombradas. Las palabras, los verbos surgían limpios y claros en su interior a posarse sobre cuanto lo rodeaba. Nombró y vio lo que nombraba reconocerse. La brisa batió las ramas de los árboles. El pájaro cantó. Las largas hojas abrieron sus manos afiladas. ¿Dónde estaba?, se preguntó. ¿Por qué aquel cuya mirada lo observaba no se dejaba ver? ¿Quién era?

Caminó sin prisa hasta que cerró el círculo del sitio donde le había sido dado existir. El verdor, las formas y colores de la vegetación cubrían el paisaje y se hundían en su mirada causándole alegría en el pecho.

Nombró las piedras, los riachuelos, los ríos, las montañas, los precipicios, las cuevas, los volcanes. Observó las pequeñas cosas para no desairarlas: la abeja, el musgo, el trébol. A ratos, la hermosura lo dejaba alelado, sin poder moverse: la mariposa, el león, la jirafa, y el golpeteo estable de su corazón acompañándolo como si existiera, aparte de su querer o saber, con un ritmo cuyo propósito no le había sido dado adivinar. Con sus manos experimentó el cálido aliento del caballo, el agua gélida, la aspereza de la arena, las escurridizas escamas de los peces, la suave melena del gato. De vez en cuando se giraba de súbito esperando sorprender al Otro cuya presencia era más leve que el viento, aunque se le parecía. El peso de su mirada, sin embargo, era inequívoco. Adán lo percibía sobre la piel igual que la luz inalterable que envolvía constante el Jardín y que alumbraba el cielo con un aliento resplandeciente.

Después que hizo cuanto estaba supuesto a hacer, el hombre se sentó en una piedra a ser feliz y contemplarlo todo. Dos animales, un gato y un perro, vinieron a echarse a sus pies. Por más que intentó enseñarles a hablar, sólo logró que lo miraran a los ojos con dulzura.

Pensó que la felicidad era larga y un poco cansada. No la podía tocar y no encontraba oficio para sus manos. Los pájaros eran muy veloces y volaban muy alto. Las nubes también. A su alrededor los animales pastaban, bebían. Él se alimentaba de los pétalos blancos que caían del cielo. No necesitaba nada y nada parecía necesitarlo. Se sintió solo.

Puso la nariz sobre la tierra y aspiró el olor de la hierba. Cerró los ojos y contempló círculos concéntricos de luz tras sus párpados. Contra su costado, la tierra húmeda aspiraba y exhalaba imitando el sonido de su respiración. Lo invadió una modorra sedosa y mullida. Se abandonó a la sensación. Más tarde recordaría el cuerpo abriéndosele, el tajo dividiéndole el ser y extrayendo la criatura íntima que hasta entonces habitara su interior. Apenas podía moverse. El cuerpo en su encarnación de crisálida actuaba sin que él pudiese hacer nada más que esperar en la semi-inconsciencia por lo que fuera que sobrevendría. Si algo tenía claro era el tamaño de su ignorancia, su mente llena de visiones y voces para las cuales no tenía ninguna explicación. Dejó de interrogarse y se abandonó al peso de su primer sueño.

Despertó recordando su inconsciencia. Se entretuvo reconociendo las facultades de su memoria, jugando a olvidar y recordar, hasta que vio a la mujer a su lado. Se quedó quieto observando su atolondramiento, el lento efecto del aire en sus pulmones, de la luz en sus ojos, la fluida manera con que se acomodaba y reconocía. Imaginó lo que estaría ocurriéndole, el lento despertar de la nada al ser.

Extendió la mano y ella acercó la suya, abierta. Sus palmas se tocaron. Midieron sus manos, brazos y piernas. Examinaron sus similitudes y diferencias. Él la llevó a recorrer el Jardín. Se sintió útil, responsable. Le mostró el jaguar, el ciempiés, el mapache, la tortuga. Rieron mucho. Retozaron, contemplaron las nubes rodar y cambiar de forma, escucharon la monótona tonada de los árboles, ensayaron palabras para describir lo innombrable. Él se sabía Adán y la sabía Eva. Ella quería saberlo todo.

—¿Qué hacemos aquí? —preguntaba.

—No sé.

—¿Quién nos puede explicar de dónde venimos?

—El Otro.

—¿Dónde está el Otro?

—No sé dónde está. Sólo sé que nos ronda.

Ella decidió buscarlo. También se había sentido observada, dijo. Tendrían que subir a los sitios altos. Quizás allí lo encontrarían. ¿No sería acaso un pájaro? Tal vez, dijo él, admirando su perspicacia. Adentrándose en medio de fragantes arbustos y árboles de generosas copas llegaron sin prisa al volcán más alto. Subieron y desde la cima miraron el círculo verde del Jardín rodeado por todas partes de una espesa niebla blanquecina

—¿Qué hay más allá? —preguntó ella.

—Nubes.

—¿Y tras las nubes?

—No sé.

—Quizás allí habite quien nos observa. ¿Has intentado salir del Jardín?

—No. Sé que no estamos supuestos a salir más allá del verdor.

—¿Cómo lo sabes?

—Lo sé.

—¿Igual que sabías los nombres?

—Sí.

Ella no tardó mucho en llegar a la conclusión que la mirada que los veía no era la de un pájaro. La enorme

Ave Fénix, de plumaje rojo y azul, había revoloteado sobre sus cabezas pero su mirada era leve, igual que la del resto de los animales.

—Será acaso aquel árbol —aventuró, señalando hacia el centro del Jardín—. Mira, Adán, míralo. Su copa roza las nubes como si jugara con ellas. Quizás bajo su sombra habite quien nos ve o quizás lo que sentimos sea la mirada de los árboles. Hay tantos y están por todas partes. Puede que sean iguales a nosotros, sólo que mudos e inmóviles.

—Quien nos observa se mueve —dijo Adán—. He escuchado sus pasos en el follaje.

Bajaron sin prisa del volcán, preguntándose qué hacer para encontrar al Otro.

Ella empezó a llamarlo. Él se asombró de que ella pudiese contener un quejido tan hondo, un lamento del aire en su cuerpo sin alas. Se había colocado de pie al lado del río con los brazos abiertos. El cabello oscuro le caía sobre la espalda. Su perfil distante y perfecto, su rostro de ojos cerrados con la boca entreabierta por donde fluía aquella invocación conmovió a Adán. Se preguntó si es que perdían el tiempo imaginando a Otro como ellos oculto en la espesura, allí donde era imposible distinguir aquel árbol de éste. Pero tanto él como la mujer habían sentido no sólo su mirada, sino su voz susurrándoles el lenguaje con el que cada vez más fluidamente se comunicaban entre sí. Y hasta pensaban haber visto su sombra al acecho reflejada en las pupilas del perro y las pupilas del gato. Se dijo que quizás sólo podrían verlo cuando sus ojos maduraran y fueran menos nuevos. Todavía tenían dificultades distinguiendo lo que sólo existía dentro de ellos de lo que observaban a su alrededor. Eva era particularmente dada a mezclar una cosa con la otra. Aseguraba haber visto más de un animal con cabeza y pecho humanos, lagartos que volaban, mujeres de agua. Desde que llegó a su lado, ella no se había estado quieta. Era como si hubiese nacido con una intención que, sin saber cuál era, animaba sus movimientos largos y suaves y la hacía revolotear al lado suyo, inclinarse y contonearse como una palmera bajo la brisa. Su constante agitación era para él un misterio por descifrar. Sin embargo, no extrañaba la quieta contemplación en que se entretenía antes de que ella apareciera. Aunque lo obligara a trotar de aquí para allá como cervatillo, oírla reírse o hablar se le hacía mucho más placentero que el silencio y la soledad.

Escucharon ruidos de cataclismos provenientes de los confines del Jardín. Vieron rojas erupciones y lejanas oscuridades encenderse intermitentes, caudas de cometas cruzando el firmamento. Sobre ellos, en cambio, el cielo permanecía iluminado como siempre, con una claridad dorada cuyas tonalidades se acentuaban o disminuían sin ningún orden predecible. La tierra palpitó bajo sus pies, Eva se le acercó en puntillas jugando a no perder el equilibrio. Él se quedó arrobado mirando los dedos de sus pies expandirse y contraerse como si estuviesen hechos de peces.

Adán no recordaba el árbol en el centro del Jardín. Le parecía extraño no haberse percatado de su existencia puesto que creía haber recorrido el lugar de extremo a extremo.

—Quien nos ve evita ser visto. Se protegerá de esa

manera, pero debemos encontrarlo, Adán, debemos saber por qué nos observa, qué es lo que espera que hagamos.

Adán dispuso que siguieran el curso de uno de los ríos. Se adentraron en la selva húmeda. Su olfato se pobló de los olores cargados y penetrantes de la tierra fértil sobre la que crecían toda suerte de helechos, hongos y orquídeas. Nidos de oropéndolas colgaban gráciles y complicados de las altas ramas donde el liquen y el musgo se derramaban como encaje sobre sus cabezas. Vieron osos perezosos dormir colgados de sus colas. Grupos de monos bulliciosos se asomaron haciendo piruetas en las copas de los árboles. Tapires, dantos y conejos les salieron al paso, rozándoles amistosos las piernas. Aunque la cálida entraña del verdor los acogía pululando de vida, caminaron en silencio, dejándose empapar por la atmósfera plena de sonidos y aromas del corazón recóndito de su Paraíso.

La selva densa los hizo andar en círculos y perder el rumbo una y otra vez, pero persistieron. Al fin desembocaron en el centro del Jardín. Descubrieron que era de allí de donde irradiaban los senderos que luego se bifurcaban y los dos ríos que corrían al Este y al Oeste. El árbol, bajo cuyo tronco se anudaban la tierra y el agua, era descomunal. Hacia arriba sus ramas se perdían entre las nubes y hacia los lados se extendían más allá de donde alcanzaba la mirada. Adán sintió el impulso de inclinarse ante su magnificencia. Eva avanzó para acercarse. Instintivamente él intentó detenerla, pero ella se volvió a mirarlo con aire de lástima.

—No puede moverse —le dijo—. No habla.

—No se ha movido. No ha hablado —dijo él—. Pero no sabemos de lo que es capaz.

—Es un árbol.

—No es cualquier árbol. Es el Árbol de la Vida.

—¿Cómo lo sabes?

—Apenas lo vi, supe lo que era.

—Cierto que es hermoso.

—Imponente. Y diría que no te debes acercar tanto.

Si a él el árbol parecía paralizarlo, ella apenas podía contener el deseo de tocar su tronco ancho y robusto, dulce y brillante. Tanta belleza anegándole los ojos por doquier, tantos colores y pájaros y fieras majestuosas le había mostrado el hombre, orgulloso, pero a ella nada le había parecido más hermoso que el árbol. Su imaginación se llenó de hojas. Eran lustrosas con el anverso pintado de un verde luminoso, en contraste con el reverso púrpura del que sobresalían anchas venas claras. Insertas en las múltiples ramas, extendidas en cada dirección, las hojas se tragaban la luz y la exhalaban iluminando el entorno. La piel de frutos redondos y blancos brillaba atrapada en la fosforescente claridad que el árbol irradiaba hacia todos los confines del Jardín. Según se acercaba, Eva sentía el aliento frutal del gran árbol como una incitación desconocida en su boca, una correntada de vida que se transmitía a cuanto lo rodeaba. La sobrecogió, igual que a Adán, un ánimo reverente y dudó sobre su impulso inicial de tocar la corteza y morder las frutas. Estaba muy cerca, la rugosa piel de la madera al alcance de su mano, cuando sus ojos distinguieron una imagen gemela, como si se tratase del reflejo de un estanque: otro árbol idéntico elevándose frente a ella, extraño y cómplice. Cuanto era claro en el primero, era oscuro en el segundo; púrpura el anverso de las hojas, verde el reverso, los frutos, higos oscuros. Lo envolvía un aire denso y una luz opaca y sin brillo.

Adán, que permanecía oculto observándola, la siguió cuando ella circundó la redondez del tronco y desapareció tras él.

No lograba ver aún a la mujer cuando la escuchó. Se preguntó con quién podría estar hablando. Hasta entonces no se habían topado con ninguna otra criatura que poseyera palabras para decir los sentires del cuerpo. El gato, el perro y el resto de animales se comunicaban entre sí con melodías elementales. Si escucharla lo intrigó, ver el árbol reproducido en una imagen idéntica de colores invertidos lo dejó pasmado. Sin hacer ruido siguió el murmullo de las palabras de ella. La vio sentada sobre una enorme raíz que se hundía en la tierra como si fuese una de las extremidades de lo que alcanzó a pensar sería el reflejo de lo que el Árbol de la Vida pensaba de sí mismo. Quizás en vez de hablar, se dijo, el árbol mira lo que imagina. Estaba a punto de emerger en el claro, al lado opuesto del ancho tronco, cuando lo escuchó. Pensó que el Otro al fin se había dejado ver, pero lo asaltó la duda. No se parecía a la voz sin cuerpo cuyos susurros él conocía, la que leve como el aire tenía la cualidad de resonar dentro de su pecho. Ésta era como un líquido deslizándose por la tierra como si arrastrara pedruscos. Escuchó su risa. Se reía como la mujer. Decía:

—¿Conque se percataron de que los observábamos? ¡Qué perspicacia! ¿Y se han ocupado en buscarnos? ¡Notable! Sospeché que así sucedería pero me alegra comprobarlo. No podíamos resistir el deseo de contemplarlos. Ha sido muy entretenido.

—¿No eras sólo tú entonces? ¿Tú también tienes pareja?

—¿Pareja? ¿Yo? Mmmmm. Nunca lo pensé de esa manera.

—Pero ¿hay alguien más, aparte de ti?

—Elokim. Fue Él quien los creó.

—El hombre dice que yo salí de él.

—Tú estabas oculta dentro del hombre. Elokim te guardó en una de sus costillas; no en su cabeza, para que no descubrieras el orgullo, ni en su corazón, para que no sintieras el deseo de poseer.

Eso dijo. Él continuó escuchando.

—¿Qué hay más allá de este Jardín? ¿Para qué estamos aquí?

—¿Para qué quieres saberlo? Tienes todo lo que necesitas.

—¿Por qué no voy a querer saberlo? ¿Qué importa que lo sepa?

—Sólo Elokim lo sabe. Si cedieras al deseo de comer de las frutas de este árbol, tú también lo sabrías. Serías como él. Entenderías el porqué de las cosas. Por eso estoy yo aquí, al pie del Árbol del Conocimiento del Bien y del Mal, para prevenirte, porque si comes perderás la inocencia y morirás —la criatura sonrió maliciosa.

Eva se preguntó de qué estaría hecha. Su piel era diferente a la de ellos, iridiscente y flexible, compuesta por pequeñas escamas, como las de los peces. Era alta y sus formas fluían curvas y gráciles hasta rematar en piernas y brazos largos y flexibles. En su rostro liso, casi plano, sobresalían, dorados y vivaces, los ojos rasgados y la recta hendidura de la boca fija en una expresión de irónica complacencia e impavidez. En vez de cabello, su cabeza estaba cubierta de plumas blancas.

—Él prefiere que ustedes sean tranquilos y pasivos, como el gato y el perro. El saber causa inquietud, inconformidad. Uno cesa de aceptar las cosas como son y trata de cambiarlas. Mira lo que él mismo hizo. En siete jornadas sacó del Caos cuanto ves. Concibió la Tierra y la creó: los cielos, el agua, las plantas, los animales. Al final, los hizo a ustedes, el hombre y la mujer. Hoy está descansando. Después se aburrirá. No sabrá qué hacer y de nuevo seré yo quien tendrá que apaciguarlo. Así ha sido desde la Eternidad. Constelación tras constelación. Las crea y luego las olvida.

Oculto tras el árbol, Adán seguía el diálogo entre Eva y la criatura, lleno de curiosidad. Tenía el pecho apretado y la respiración rápida. Recordaba susurros del Otro advirtiéndole algo sobre un árbol. No acercarse. No tocar. Ninguna explicación clara de por qué no quería que lo hicieran. Hasta ahora la única obligación que tenía sentido para él era la de acompañar a la mujer, aunque ella bien se cuidaba a sí misma. Igual sucedía con el Jardín. Las plantas crecían y se acomodaban a su manera sin su intervención. El tono de la criatura que conversaba con Eva se le hizo vagamente familiar. Era el tono con el que él se interrogaba a sí mismo sobre los designios del Otro. Era semejante al sonido de su impaciencia cuando se esforzaba por comprender su razón de ser.

—Así que tú piensas que es así de sencillo —decía Eva—. Muerdo la fruta de este árbol y sabré cuanto quiero saber.

—Y morirás.

—No sé qué es eso. No me preocupa.

—Eres demasiado joven para que te preocupe.

—Y tú, ¿cómo es que sabes todo esto?

—Existo desde mucho antes que tú. Te dije que he visto crear todo esto, y tampoco entiendo qué sentido tiene. Elokim saca infinitas permutaciones de la nada. Les da mucha importancia.

—¿Tú no?

—Lo encuentro un ejercicio fútil no desprovisto de arrogancia.

—¿Piensas que somos un capricho de ese Elokim que nombras?

—No lo sé, la verdad. A veces me lo parece. ¿Qué sentido tendrá la existencia de ustedes? ¿Para qué los creó? Se terminarán aburriendo en este Jardín.

—Adán piensa que labraremos la tierra, cuidaremos las plantas y los animales.

—¿Qué hay que cuidar? ¿Qué hay que labrar? Todo está hecho. Todo funciona a la perfección —suprimió un bostezo—. Sin embargo, Adán y tú, a diferencia de todas las criaturas del Universo, poseen la libertad de decidir lo que quieren. Son libres de comer o no comer de este árbol. Elokim sabe que la Historia sólo comenzará cuando usen esa libertad, pero ya ves, tiene miedo de que la usen, teme que su creación termine pareciéndosele demasiado. Preferiría contemplar eternamente el reflejo de su inocencia. Por eso les prohíbe que coman del árbol y decidan ser libres. Quizás la libertad no sea para ustedes. Ya ves, la sola idea te paraliza.

—Se diría que deseas que muerda esta fruta.

—No. Sólo envidio que tengas la opción de escoger. Si comen de la fruta, tú y Adán serán libres como Elokim.

—¿Qué escogerías tú, el saber o la eternidad?

—Soy Serpiente. Te dije que no tengo la opción de escoger.

Eva miró el árbol. ¿Qué cambiaría si ella se atrevía a morder sus frutos? ¿Por qué creerle a la Serpiente? No se atrevió a hacer la prueba, sin embargo. Miró sus manos, movió sus largos dedos uno y otro y otro.

—Volveré —dijo.

CAPÍTULO 2

Después de nadar y tenderse al sol, el hombre y la mujer se retiraron ambos dentro de sí mismos. ¿Qué pensará Adán?, se preguntaba Eva. ¿Qué pensará Eva?, se preguntaba Adán.

Pero ninguno podía adivinar los pensamientos del otro. Recostados sobre la hierba miraban las hormigas construir su nido, cargar pequeñas hojas sobre sus espaldas y marchar en fila ordenadamente hacia el agujero en la tierra donde tendrían su refugio. A su alrededor, el verdor era deslumbrante, interrumpido aquí y allá por el brote de color de ramas y arbustos cargados de flores. Los dos ríos que atravesaban el Jardín se dividían en cuatro afluentes. El más quieto, al lado del cual se encontraban, surcaba a través de una elevación en cuyas laderas se acomodaban rocas pulidas, enormes, verdi-grises, que obligaban a la corriente a quebrarse, amansarse y cantar entre la vegetación de coníferas y el manto mullido de helechos de grandes hojas dentadas. Eva aspiró el olor vegetal y sintió la cálida brisa secar su cuerpo, pasarle encima ingrávida y placentera. Adán también se abandonó a la sensación del viento, al aroma denso del Jardín, al ruidoso retozar de la enorme osa negra en la ribera opuesta. Los árboles susurraban en su idioma de hojas sobre su cabeza. En una rama baja, un canario limpiaba sus plumas con el pico. De vez en cuando de su garganta irrumpía una melodía alta y aguda que parecía contener la esencia de todos los sonidos circundantes.

¿Qué habría querido decir la Serpiente cuando afirmaba que lo que llamaba «Historia» solamente empezaría cuando usaran su libertad? ¿Por qué dijo envidiar que tuvieran la opción de elegir? ¿Por qué decía que no debían comer del Árbol de Conocimiento al mismo tiempo que la incitaba a comer? ¿Cuál era su relación con el Otro? ¿Qué era lo que el Otro temía darles a conocer? Eva no lograba comprender el acertijo. Por sobre todas las cosas, no entendía por qué aquel Elokim había decidido inquietarla de esa manera. ¿Por qué revelarle la existencia del árbol en el centro del Jardín, imprimirle en los huesos el camino para encontrarlo? De no haber sido por ella, Adán no habría andado hasta allí. Jamás había visto esos árboles, según le dijo, admirando su curiosidad, la intuición que la guió hasta ellos. Miró a Adán tendido sobre la hierba, con el brazo alzado cubriéndole los ojos. Su pecho subía y bajaba rítmicamente. Era grande el hombre, largo, las superficies rectas, sin contornos; sólo el relieve de sus músculos se asemejaba a las redondeces que predominaban en ella. Se preguntó si Elokim lo habría tallado de algún filón de montaña, si a ella la habría hecho más pequeña y blanda para no causarle dolor al hombre cuando la sacó de su interior. ¿La habría moldeado pensando en alguna fruta, en una colina? Le habría gustado saberlo.

Adán pensó que casi le era posible escuchar lo que ella estaba discurriendo. ¿Cómo haría para mantenerla alejada del árbol? La docilidad no estaba en su naturaleza. Lo mejor de ella era su incapacidad de estarse quieta, la vivacidad con que miró e interrogó todo desde el principio.

Llovió. Con la lluvia cayeron los pétalos blancos con que se alimentaban. Él le enseñó cómo arrancar una hoja de plátano y sostenerla abierta hasta que rebosara de pétalos. Después de la lluvia salió el arco iris. Parecía el puente entre el cielo y la tierra, dijo él, pero nunca había visto a nadie cruzarlo.

—¿Por qué la criatura del árbol, la que se llama Serpiente, ha visto a Elokim y nosotros no? —preguntó Eva.

—Curioso que se haya nombrado a sí misma —comentó Adán, pensativo.

—¿No crees que ella misma sea Elokim?

Adán la miró asombrado de que pudiera pensar algo así.

—¿Por qué no podría serlo? Parece saber todo lo que el Otro piensa —insistió Eva.

—Quizás sea su reflejo.

—Dijo que nosotros éramos el reflejo de Elokim.

—¿Igual que el Árbol del Conocimiento es reflejo del Árbol de la Vida?

—Supongo que sí.

—Pero si nosotros somos su reflejo, la Serpiente no puede serlo. No se nos parece.

—¿Acaso nosotros también tendremos nuestro reflejo?

—No sé, Eva. Haces muchas preguntas que no puedo responder. Continuaré buscando al Otro. Tú quédate aquí. No hables más con la Serpiente. Cálmate. Estás muy inquieta.

Ella se acercó al borde del agua y sus pies la llevaron ribera abajo. El agua del río era limpia y entre las rocas brillaban las escamas de peces multicolores. Un pez grande y rojo con la boca manchada de blanco y negro nadaba con determinación hacia un recodo donde se divisaba agua quieta. Lo siguió. Subió sobre la piedra oscura que sobresalía encima del estanque y se sentó a observar al pez que se movía grácil en la profundidad sin alterar la placidez del agua. Un burbujeo ascendió súbito del fondo y un ojo salido de quién sabe dónde abrió sus párpados, la miró y al hacerlo le concedió ver a través de su tembloroso cristalino imágenes fascinantes y vertiginosas en las que ella mordía el higo y de ese minúsculo incidente brotaba una espiral gigantesca de hombres y mujeres efímeros y transparentes que se multiplicaban, se esparcían por paisajes magníficos, sus rostros iluminados con gestos y expresiones incontables, sus pieles reflejando desde el brillo de los troncos húmedos hasta el pétalo pálido de los rododendros. Alrededor de ellos surgían formas, objetos sin nombre entre los que se movían con aplomo y sin prisa, inquisitivos y curiosos, persiguiendo una multiplicidad de visiones que se ramificaban a su vez mostrando honduras, estratos de símbolos incomprensibles sobre cuyo significado argüían enfrascados en ruidos y armonías confusas, pero cuyo eco resonaba en el interior de ella como si, al desconocerlos, los conociera. En el acelerado rodar de ciclos sucesivos, los vio ocultos y confundidos arder y contorsionarse, crear y dominar terribles conflagraciones de las que emergían, una y otra vez. Sus rostros se renovaban incansablemente en el movimiento incesante de aquel enjambre animado y bullicioso que se desplazaba por parajes incógnitos gesticulando, mostrando emociones que rechinaban o flotaban en el líquido que las proyectaba y en las que ella percibió a la par del mismo deseo de saber que la consumía a ella, profundas corrientes y perplejidades que habría deseado poder nombrar. Asomarse a aquel tumulto enérgico y empecinado, vislumbrar los espacios ignotos, sentir el murmullo de su sangre responder a un destino vulnerable y común, le inspiró una ternura y un deseo más hondo del que cosa alguna le hubiese provocado hasta entonces. Curiosamente, la última imagen que surgió cuando el agua aún no terminaba de aquietarse fue tan plácida y clara que no logró saber si era ella la que volvía a saberse en el Jardín o si el misterio del final de todo aquello era la posibilidad de regresar al principio.

La Historia, se dijo. La había visto. Era eso lo que empezaría si ella comía la fruta. Elokim quería que ella decidiese si existiría o no todo aquello. Él no quería hacerse responsable. Quería que fuese ella quien asumiera la responsabilidad.

CAPÍTULO 3

Corrió en busca de Adán. No lo encontró en la pradera donde él solía enseñarle al perro a obedecer y adivinar sus pensamientos. No lo encontró en el bosque, ni de regreso en la ribera del río. Cansada, se detuvo y se sentó sobre la hierba. Miró a su alrededor con nostalgia, como si mirara un recuerdo. Vio el verdor, el agua y las montañas azules.

¿Qué diferencia existía entre las imágenes que viera en el agua y las otras que a menudo se le revelaban mientras caminaba por los parajes apartados del Jardín, a solas, sin que los pasos de Adán a su lado se interpusieran entre ella y su imaginación? Adán llamaba visiones a las criaturas fabulosas que ella presentía en los recodos de vegetación espesa donde la luz dorada se filtraba apenas: las mujeres de agua jugando con mariposas de largas cabelleras y diminutos rostros sonrientes, los pájaros con voces humanas discutiendo el mundo con animales de torso humano, las hojas enormes donde aparecían y desaparecían jeroglíficos, las enormes criaturas que se alimentaban de nubes espesas que arrancaban del cielo, el lagarto que escupía fuego mientras perseguía un cuerpo tan largo que, siendo el suyo, atacaba como si perteneciese a otro.

A diferencia de aquellas visiones que tenían una cualidad iridiscente y fugaz, las del río eran rotundas, claras, su realidad más contundente que la del mismo Jardín. Al verlas le había sido dado, pensó, no sólo compartir la mirada envolvente que provenía del interior de Elokim, sino experimentar la abundancia de vida que lo inundaba y cuya profusión era un desborde irreprimible que, quizás burlándose de su propia voluntad, se transformaba en creación y brotaba de su deseo antes de que él tuviese tiempo de arrepentirse. El destino de seres que, movidos quizás por lo que la Serpiente llamaba libertad, se las ingeniarían para traspasar su voluntad creadora y vivir más allá de ésta, le tendría que parecer fascinante a Elokim por mucho que lo desafiara. De allí que la incitara a hacer existir ese mundo. La curiosidad de ver a esos seres creándose a sí mismos y destruyéndose entre sí le resultaría tan irresistible como a ella.

El hombre pensaría que eran visiones instigadas por la Serpiente para incitarla a desobedecer el mandato de no comer de la fruta del Árbol del Conocimiento del Bien y del Mal. Él no la creería cuando le dijera que, a menos que ella se atreviera a romper la tranquilidad del Jardín, criaturas sin cuento se quedarían sin existir. Ellos mismos no existirían más que como el sueño de un soñador ingenioso que imaginaba criaturas libres y luego las confinaba a vivir como las flores o los pájaros. Su naturaleza se negaba a aceptar que el propósito de ser de Adán y ella fuera tan sólo mecerse en la contemplación de aquella eternidad donde últimamente el sosiego se había trocado en una tensa espera, la mirada del Otro constantemente asediándola. La Serpiente se equivocaba pensando que al morder la fruta del árbol serían como Elokim. Al contrario. Dejarían de ser como Él. Se separarían. Harían la Historia para la que habían sido creados: fundarían una especie, poblarían un planeta, explorarían los límites de la conciencia y el entendimiento. Sólo ella, usando su libertad, podría darle a Elokim la experiencia del Bien y del Mal que Él anhelaba. Los había hecho a su imagen y semejanza para que tomaran la creación en sus manos.

Pensó que sin ver lo que a ella le había sido dado contemplar, Adán no comprendería ni los juegos del Otro ni la determinación de ella. Puesto a escoger quizás optaría por la inalterable permanencia del Jardín. Tendría que hacerlo sola, se dijo. En un rincón junto al estanque se sentó a escuchar el bullir de sus ideas. La duda y la determinación eran corrientes contrarias que subían y bajaban por su cuerpo. Cerraba los ojos y veía las imágenes del río. ¿Por qué tendría que ser ella quien descubriera lo que ocultaba la prohibición? ¿Por qué ella la elegida para romper el espejismo del Jardín? ¿Quién eres, Elokim? ¿Dónde estás? ¿Cuándo nos mostrarás el rostro?

Se alzó y empezó a caminar hacia el centro del Jardín, hacia el Árbol de Conocimiento del Bien y del Mal, donde la estaría aguardando la Serpiente.

CAPÍTULO 4

La Serpiente sonrió dulce e irónica cuando la vio surgir de la espesura.

—Muy pronto has vuelto —le dijo.

—¿Hay otros Jardines o es éste el único?

La Serpiente rió.

—¿Puedo saber a qué se debe semejante pregunta?

—Vi en el fondo del río imágenes extrañas que sin embargo parecían más reales que tú o yo o todo esto. Sentí que de mí dependía hacerlas existir.

—¿Y qué crees que debes hacer para lograrlo?

—Debo usar mi libertad. Comer de la fruta.

—¿No tienes miedo?

—Elokim quiere que lo haga.

—No es lo que me dijo.

—Lo sé y no lo entiendo.

—Quizás tema la libertad. La culminación del creador es crear su propio desafío, pero nunca se sabe con Elokim. No puedes decir que no te lo advertí. Podrías morir. Aunque admito que sería absurdo que los destruyera cuando apenas los ha creado.

—No moriré. Lo sé. Él espera que yo coma. Por eso me hizo libre.

—Puedes decidir no hacerlo.

—No. Sería demasiado fácil. Ya no es posible. Necesito el conocimiento.

—Tienes que saber —rió la Serpiente—. Verdaderamente los hizo a su imagen y semejanza. Él es el que todo lo sabe.

—Y el que tiene miedo de saber. Pero yo no tengo miedo. He visto demasiadas cosas. ¿Por qué habría de verlas si no para comprenderlas y arriesgarme a que existan?

—Quizás para que aceptaras que no puedes comprenderlo todo.

Se quedó pensativa. Había cruzado la pradera bajo la mirada atenta del búfalo y el elefante, que empezaron a seguirla. Cuando llegó al centro del Jardín, al pie del árbol, ya eran muchos los animales que la seguían, acobardados y fascinados a un tiempo. Ella miró a su alrededor. No estaba siquiera segura de tener el valor de hacer lo que su conciencia le dictaba, pero no tenía alternativa. El Jardín entero esperaba por ella.

—Tocaré el árbol primero. Veremos si en verdad me causa la muerte.

—Mira que yo estoy recostado en él y nada me ha sucedido. No es muy fácil morir.

—Vi la muerte y no me gustó. ¿Qué sentiré si muero?

—No sentirás nada. Ése es el problema precisamente. Nunca más sentirás nada. La muerte es de una simplicidad terrible —sonrió la Serpiente.

Eva se apresuró. Sus manos sudaban. Le pareció que el aire apenas alcanzaba a llenar su pecho. Extendió la mano. Su palma derecha tocó la áspera piel vegetal del árbol. Abrió los dedos. Oyó el retumbo de su cuerpo que palpitaba entero queriendo salirse de su envoltorio. Cerró los ojos. Entreabrió los párpados. Seguía de pie en el mismo lugar. Estaba viva. Nada había cambiado. No moriría, pensó. Comería y no moriría. Envalentonada, se acercó a la rama más baja, tomó el fruto oscuro, suave al tacto. Lo llevó a su boca y lo mordió. La dulzura del higo se extendió por su lengua, la carne blanda derramó miel entre sus dientes. El efímero pálpito de espuma de los pétalos blancos que caían del cielo se le antojó materia insustancial comparado con el jugo penetrante, el aroma del fruto prohibido. Sintió el olor dispersarse dentro de ella. El placer de sus papilas se expandió como un eco en su cuerpo. Entreabrió los ojos y vio a la Serpiente en la misma posición. Los animales. Seguía todo igual. Tomó otro fruto, golosa. El néctar se derramó por su barbilla. Cedió a la euforia. Les lanzó una fruta y otra y otra a los animales, desafiante y contenta. Los animales se aglomeraron. Uno a uno se aproximaron y bebieron el jugo de su mano. Quería que comieran todos, quería compartir el sabor nuevo, la sensación de hacer por primera vez lo que su cuerpo le pedía. No sólo no había muerto, se sentía más viva que nunca. Miró al Fénix revolotear sobre su cabeza. Lo llamó. Le tendió la fruta. El pájaro no descendió. Voló lejos. Se alejó emitiendo un triste graznido.

Recostada contra el tronco del árbol, la Serpiente contemplaba la escena sin alterar su habitual expresión irónica e impávida, sin participar en el frenesí que había hecho presa de Eva y los animales.

Adán lo supo desde que oyó el jolgorio a lo lejos. El

cuerpo se le puso rígido. Apuró el paso. Temía encontrarse solo otra vez, sin compañera. Temía llegar y encontrarla fulminada por la furia de Elokim. Echó a correr. Mientras corría, un vacío frío horadaba su costado. Sin la mujer, él ya no sería el mismo, pensó. Si desaparecía ella, que era hueso de sus huesos y carne de su carne, vagaría incompleto y desolado. Él apenas tenía pasado y el que tenía estaba todo lleno de ella.

Eva lo vio llegar. Tembló al verlo acercarse corriendo. Miró el sudor brillando en su piel, las piernas fuertes, el impulso de sus pies, la mirada de alarma. Cruzó las manos sobre el pecho. Lo enfrentó.

—Lo hice —dijo—. Lo hice y no morí. Les di a los animales y no murieron. Ahora, come tú.

Le tendió el higo maduro. El hombre pensó que nunca lo había mirado así. Le imploraba que comiera. No quiso pensar. Ella era su carne y sus huesos. No le estaba dado dejarla sola. No quería quedarse solo. Mordió el fruto. Sintió el líquido dulce mojar su lengua, la carne suave enredarse en sus dientes. Cerró los ojos y el placer de la sensación lo ofuscó.

Se volvió a mirarla. Ella estaba de espaldas. La curva arqueada de su cintura alzaba sus nalgas hermosamente redondas. Se preguntó si al morderlas sabrían tan dulces como el higo. Extendió la mano para sentir la redondez perfecta, asombrándose de no haberse percatado antes de la suavidad exquisita de la piel de ella. Retiró la mano pero la sensación permaneció en sus dedos tan fuerte y clara que le causó un estremecimiento. Ella se dio la vuelta y él extendió de nuevo la mano y tocó la curva de su pecho. La mujer lo miraba muy fijo. Sus ojos muy abiertos.

Oyeron de pronto el tropel de los animales. Vieron la manada de elefantes girar en redondo, los búfalos, los tigres, los leones. Escucharon un sin fin de sonidos guturales, de aullidos, de lamentos incomprensibles.

Adán miró a Eva. Experimentó su primer desconcierto.

Eva deseó que dejara de verla como si mordida la fruta estuviera pensando morderla a ella, comérsela. Se tapó los pechos.

—No me mires más —le dijo—. No me mires así.

—No puedo evitarlo —dijo él—. Mis ojos no me obedecen.

—Me taparé —dijo ella, arrancando las hojas de la higuera.

—Y yo —dijo él, consciente de que ella tampoco lograba apartar la vista de sus piernas, de sus manos, como si fueran una novedad.

Eva buscó a la criatura del Árbol del Conocimiento. No se la veía por ninguna parte. Empezó a llamarla hasta que la vio arriba, cerca de la copa del árbol.

—¿Qué haces ahí?

—Me oculto.

—¿Por qué?

—Pronto lo sabrás. Pronto sabrás cuanto querías saber.

CAPÍTULO 5

El hombre avanzaba a grandes trancos. Eva, detrás, apuraba el paso. Él decía que esperarían ocultos lo que fuera que habría de sobrevenir. Estaba asustado. Ella en cambio esperaba que se manifestara el conocimiento. Intentó convencerlo de que más bien debían salir en busca del Otro, decirle lo que habían hecho, pedirle que les dijera qué más tendrían que hacer. ¿Cómo diferenciarían el Bien del Mal? ¿Sería suficiente que hubiesen comido de la fruta para distinguir el uno del otro? ¿Y si no los reconocían? Mira que no he hecho más que mi parte, argumentaba ella, ahora Elokim tendría que hacer la suya, enseñarles todo cuanto podrían llegar a ser. Pero Adán no quería escucharla. Él la había seguido a ella para comer la fruta, le dijo. Ahora ella debía seguirlo a él. A su paso crujían las ramas y se alzaban volando los pájaros. La tierra despedía olor a lluvia. El Jardín seguía vivo e incólume. La luz de los árboles se filtraba dorada en medio de las lianas, los troncos y el follaje. Los animales guardaban silencio. El hombre apenas hablaba. Ella miraba su espalda, la cintura de la que colgaban las hojas de higuera atadas por una liana. La fru-

47

ta le había despertado un deseo extraño de líquidos dulces, de recorrer con la boca la piel de Adán. Sentía el aire, las hojas y quería tocarlo todo, con sus manos. Él no decía nada pero ella lo veía tantear el camino, detenerse a oler. La había mirado, como si necesitara rozarse con ella, conocerla con la razón de un cuerpo apenas descubierto.

Adán no quería decirle a la mujer lo que sentía. Aún no encontraba la manera de explicárselo a sí mismo. Desde que mordiera la fruta, cuanto hacía estaba desprovisto de coherencia. La insólita vitalidad de su organismo le impedía la quietud. Percibía el peso de sus huesos, la elasticidad de los músculos, el atinado diseño de sus movimientos; percibía la tierra, el polvo y la humedad en las plantas de sus pies. No acertaba a decidir si prefería esa nueva conciencia a la levedad habitual, si prefería la lentitud de su existencia a la determinación y claridad de propósito que ahora lo conducía al recinto entre las rocas que había descubierto en una de sus exploraciones. Como nunca antes, sabía lo que quería, pero el temor le constreñía la exuberancia. Ciertamente no habían muerto. ¿Sería cierto lo que Eva pensaba? ¿Se sentiría aliviado Elokim?

Guió a Eva a través de las campánulas púrpuras que caían en guindajos sobre la entrada ocultándola parcialmente. Ella se escurrió ágil y dejó ir una exclamación admirada al desembocar en la cueva de paredes de cuarzo. El rosa y cristal de los minerales refulgían, iluminados por la luz que se filtraba por un agujero en lo alto de la pared de roca. De la profundidad provenía el sonido de agua corriendo. Era un lugar hermoso, dijo ella, entrando hacia el fondo hasta el límite demarcado por la luz. Al Otro le sería más difícil encontrarlos allí, dijo él. Si todo lo sabe nos encontrará, dijo ella. Al menos estamos a cierta distancia de los árboles, de la Serpiente. Puedo asegurarte que no nos matará. Desde que nos puso aquí tiene que haber sabido lo que sucedería. Si las consecuencias fueran irreversibles, no nos habría creado. ¿Cómo podía estar segura, dijo él, de que el Otro, al sentirse contrariado, no los retornaría a la nada de donde los había sacado? De lo único que estaba segura era de que el Otro no era tan simple. Bastaba ver su trabajo. Bastaba ver cómo cambiaba constantemente cuanto los rodeaba. Las plantas, los animales. Como si cada criatura fuera sólo el inicio de otras diferentes, más complejas. Te pregunté, Adán, si nosotros iríamos a tener algún reflejo. Y lo vi. En el río. Muchos como nosotros poblarán el mundo, vivirán, producirán sus propias creaciones, serán complicados y hermosos. Adán esbozó una sonrisa. Ojalá, dijo. Se dejó caer sobre la fina arena gris del suelo de la cueva y extendió su mano para tomar la de ella y ayudarla a sentarse a su lado. Le pasó el brazo por los hombros. Eva se acomodó en la esquina de su pecho. Habían estado así muchas veces, mirando el río, la pradera, la lluvia dentro de la selva, pero esta vez la necesidad de estar juntos, de que sus pieles se rozaran tenía una peculiar intensidad. Eva le pegó la nariz en el pecho. Lo olfateó. Él le metió las manos en el pelo, la olfateó también.

—Es raro —dijo ella—. Quisiera poder volver a estar dentro de tu cuerpo, regresar a la costilla de donde dices que salí. Quisiera que desapareciera la piel que nos separa.

Él sonrió y la apretó más fuerte contra su pecho.

También él querría lo mismo, dijo, tocándole el hombro con los labios. Querría comerla como el fruto prohibido. Eva sonrió. Tomó la mano de Adán y fue llevando sus dedos uno a uno dentro de su boca, apretándolos, succionándolos. Tenía aún el sabor del higo prohibido alojado en la piel salada. Él la miró fascinado con su ocurrencia, percibiendo en sus dedos el calor suave y líquido de su boca como un molusco acuático. ¿Tendría Eva el mar dentro de ella? ¿Lo tendría él también? ¿Qué era, si no, esa marea que sentía urdir de pronto en su bajo vientre, que le subía desde las piernas reventando en su pecho, haciéndolo gemir? Apartó la mano de la sensación intolerable y metió su cabeza en la curvatura del cuello de Eva. Ella levantó la cabeza y suspiró y al hacerlo irguió el cuello. Él vio sus ojos cerrados y pasó sus manos suavemente por los pechos de ella, maravillado por la tersura, el color y el tacto de las pequeñas aureolas rosadas que, de pronto, se endurecían bajo sus manos, igual que la piel yerta de su pene que, súbitamente y como movido por una voluntad propia, había perdido su lasitud habitual para erguirse como un dedo desproporcionado y señalar inequívoco el vientre de Eva. Ella, con el cuerpo tenso, dejó libre su deseo de lamer a Adán todo entero. Pronto eran, sobre el suelo de la gruta, una esfera de piernas y brazos y manos y bocas que se perseguían entre quejidos y risas contenidas, y así se exploraron tanteándose para conocerse y maravillarse sin prisa de cuanto sus cuerpos de pronto desplegaban, las recónditas humedades y erecciones insólitas, el efecto magnético de sus bocas y sus lenguas mezcladas como pasajes secretos por donde el mar de uno reventaba en la playa de la otra. Por más que se tocaban, no saciaban su deseo de tocarse. Eran ya dos sudorosos hervores cuando Adán sintió el impulso irrefrenable de sembrar el brote vertical que se alzaba ahora en su centro dentro del cuerpo de Eva, y ella, dotada al fin de conocimiento, supo que debía abrirle camino a su interior, que era allí adonde apuntaba la sorprendente extremidad que le había aparecido de súbito a Adán entre las piernas. Por fin uno dentro del otro, experimentaron el deslumbre de retornar a ser un solo cuerpo. Supieron que mientras estuvieran así, nunca más existiría para ellos la soledad. Aunque les faltaran las palabras y se hiciera el silencio en sus mentes, podrían estar juntos y hablarse sin necesidad de decir nada. Pensaron que, sin duda, era éste el conocimiento que la Serpiente les anunció que poseerían al comer la fruta del árbol. Meciéndose uno contra el otro, volvieron a la Nada y sus cuerpos, desbordados al fin, se recrearon para marcar el principio del mundo y de la Historia.

CAPÍTULO 6

Por segunda vez en su vida, Adán durmió. En el sueño vio una esfera inmensa erizada de espinas. Las espinas eran árboles rectos y verticales. De cada uno emergía la cintura, el torso y la cabeza ya fuera de un hombre, ya fuera de una mujer. Cada uno de estos seres mitad árbol mitad ser humano tenía aferrado a sus brazos extendidos otros hombres y mujeres, que formaban las copas de aquel extenso bosque humanoide. Los árboles iban cayendo tronchados uno a uno. Crujían y se desplomaban dejando escapar largos lamentos. Adán volaba sobre la multitud de miradas fijas que lo contemplaban impotentes y cuyas voces sonaban en su corazón desconcertadas por el terror de un fin que no llegaban a comprender. Adán seguía volando, no podía detener aquel vuelo en círculos, no podía detener el restallar de los árboles muriendo.

Despertó temblando. Se alzó del lado de Eva. La despertó. Escuchó afuera el estruendo vengativo y hostil del viento. La tierra se convulsionaba. Pensó que sería el pálpito tenue con que a veces se declaraba viva, pero lo desconcertó el ánimo hostil con que los sacudía, como si intentase desembarazarse de ellos. Eva lo miró alarmada. La cueva donde recién habían retozado parecía estar siendo estrujada por un puño gigantesco. Se desprendían trozos de cuarzo rosa y de cristal, haciéndose añicos al caer. Piedras y polvo los asediaban hostiles. El mundo de cataclismos y cometas perdidos, cuyo estruendo se colaba de vez en cuando en sus tardes, repentinamente irrumpía bajo sus pies. ¿Adán, Adán, será porque comimos la fruta? También vi a nuestros descendientes, gritó él. Vivirán pero, por nuestra culpa, morirán, caerán tronchados uno a uno, gimió. Trató de ponerse de pie, de caminar, sin lograr el equilibrio de sus piernas. Cayó una y otra vez. Seguían lloviendo pedruscos, las paredes de la cueva se quebraban. Una nube sucia de polvo los envolvía, obligándolos a entrecerrar los ojos. Eva se tapaba la cabeza con los brazos. Intentó caminar, igual que Adán, e igual que él cayó en cada intento. Ahora morirían, pensó. Se cumpliría cuanto la Serpiente había pronosticado. A gatas, Adán pudo avanzar un corto trecho. Dijo a Eva que hiciera lo mismo y lo siguiera. Como un animal, pensó ella. Y a gatas como un animal lo siguió. La tierra no dejaba de rugir, de bambolearse. Una piedra cayó sobre la pierna de Adán. Él gritó de dolor y ella se acercó y logró quitársela de encima. La pierna de Adán sangraba. Nunca habían visto sangre. Miraron la herida. El rojo encendido corriendo como un pequeño afluente sobre la piel. Salgamos, dijo Adán. Tenían que salir de allí antes de que las paredes de la cueva se desplomaran. Mis ojos, pensó Eva, están tan abiertos; me arden. Tengo miedo. A gatas, a rastras, salieron de la cueva. Afuera el cielo estaba oscuro, un polvillo gris caía sobre la tierra, una lluvia sólida que lastimaba la piel. Apenas lograron ver en el caos, el desorden del Jardín, los animales corriendo, gritando. Oían el crujido de árboles arrancados de cuajo, un estrépito de desastre que repentinamente los transformaba en pequeñas criaturas vulnerables, quebradizas y aterrorizadas. A pocos metros de ellos, la tierra se abrió partida por un trallazo invisible. Eva cerró los ojos y gritó tan fuerte como pudo, pensando que el sonido de su voz quizás acallaría el furor del espíritu iracundo empeñado en destruirlo todo. Adán apretó los puños, le dijo que callara. Era ella, pensó. Ella y su curiosidad. La arrastró deslizándose lo más lejos que pudo del precipicio que se abría desde la grieta con un sonido ensordecedor. A empellones y crujidos, se desgarraba la tierra escindiéndose como si un invisible rayo todopoderoso la estuviese cortando, cavando un ancho abismo. Eva no quería ver lo que veía: el Jardín moviéndose fuera de su alcance, negándoseles. Lo vio recomponerse al otro lado de la ancha y profunda hendidura cuando el suelo dejó de sacudirse. Lo vio retornar a su placidez, a la luz dorada, como una extraña isla en la tierra. El Jardín, exclamó para sí, nunca pensó que lo perderían, nunca pensó que ellos quedarían fuera, separados, excluidos.

Súbitamente sintieron una oscilación acuática, como si bajo la superficie de la Tierra una marea meciese las rocas, cuanto hacía poco era sólido y rígido. Junto a ellos apareció, de improviso, una larga y extraña criatura de cuerpo circular y piel de escamas, deslizándose por el suelo. Eva reconoció el rostro, los ojos.

—¿Eres tú?

—Me ha convertido en esto. Ya se le pasará. Cuando se enfurece hace cosas que luego olvida. Con suerte, cuando las recuerda, se arrepiente y las corrige. Lo que me ha hecho no durará, pero para ustedes el tiempo será largo. No podrán volver al Jardín.

—Es tu culpa —dijo Adán, reconociéndola—. Nos engañaste. Convenciste a la mujer y ella me convenció.

—Usaron su libertad —dijo la Serpiente—. Así tenía que suceder.

—¿Y qué haremos ahora?

—Vivir, crecer, multiplicarse, morir. Para eso fueron creados, para el conocimiento del Bien y del Mal. Si Elokim no hubiese querido que comieran la fruta, no les habría dado la libertad. Que se atrevieran a desafiarlo, sin embargo, hiere su orgullo. Ya se le pasará. Ahora los echa porque teme que coman del Árbol de la Vida y no mueran nunca. Quiere tener sobre ustedes el poder de su eternidad.

—Me tendrías que haber dicho que comiera también de esa fruta, que así evitaríamos la muerte —suspiró Eva.

La Serpiente chasqueó la lengua. Eva contuvo un gesto de repugnancia al ver que la tenía partida en dos.

—Eres incorregible —dijo—. Pero no creas que la eternidad es un regalo. Tendrán una vida efímera, pero les aseguro que no se aburrirán. Al no tener vida eterna tendrán que reproducirse y sobrevivir, y eso los mantendrá ocupados. Y ahora debo irme, evadirlo antes de que me quite la facultad del habla. Lo ha hecho más de una vez. Caminen hacia allá. Encontrarán una cueva.

La tierra volvió a mecerse y sacudirse. Jirones de luz refulgentes, atronadores, restallaban contra el cielo. En un parpadeo, la Serpiente desapareció, ágil, reptando entre la maleza.

Adán miró a la mujer. Se apoyaron el uno en el otro intentando conservar el equilibrio. Tambaleándose, buscaron el refugio de un árbol. Se aferraron al tronco para no caerse. Los ojos muy abiertos de Eva se posaban aquí y allá, sin detenerse en nada. Él olió su miedo, experimentó por primera vez la incertidumbre, el pavor de no saber qué hacer, dónde ir. Si al menos la tierra dejara de temblar, pensó. Se deslizó con Eva hasta el suelo. La abrazó. Igual que él, ella también temblaba, doblada sobre sí misma, la cabeza oculta entre las rodillas. La oyó rogarle a la tierra que se aquietara.

CAPÍTULO 7

Cuando el suelo terminó de sacudirse y pudieron ponerse de pie, se asomaron al precipicio que los separaba del Paraíso. La claridad que hasta entonces brillara sobre sus cabezas había sido sustituida por un cielo gris, extraño, deslucido, una penumbra fría, amarillenta, en la que flotaban nubes de polvo. Miraron la grieta, intentaron adivinar, en medio de la espesa polvareda algún pasaje por donde regresar al Jardín, pero el abismo lo circundaba. Adán se postró de rodillas, hundió la frente en la grava del borde y golpeó el suelo con el puño al tiempo que dejaba escapar un lamento de rabia y desesperación. Eva lo miró consternada. No lograba explicarse la catástrofe, ni la violenta reacción de Elokim. Semejante despliegue de furia, ¿habría sido provocado por su atrevimiento de comer la fruta o por el conocimiento que Adán y ella descubrieran en la cueva? ¿Los echaba para no tener que ver lo que saldría de ellos, lo que ella había visto en el río? Quizás le habría dolido que, puestos a escoger, ella y Adán decidieran optar por lo que no conocían. Sin duda que el Jardín era hermoso (¡tan hermoso¡) y que Él se había encargado de que nada les faltara.

—Jamás pensé que nos echara —dijo en voz alta.

—¿Qué pensaste, Eva? ¿Qué pensaste? —preguntó Adán, volviéndose a mirarla, reprochándola.

—Te lo dije. Él quería que yo comiera la fruta. Eso me hizo sentir. Quiere saber qué resultará de nosotros. Para eso nos hizo libres. Eso pensé.

—¿Y pensaste que todo eso sucedería en el Jardín?

—Pensé que la Tierra entera sería nuestro Jardín.

Adán la miró con lástima.

—Te equivocaste —dijo.

—Aún no sabemos qué hay más allá, Adán. Quizás encontremos lo que vi. Elokim sabrá lo que hace.

El hombre esbozó una sonrisa irónica y melancólica. ¿Qué podía esperar de ella sino curiosidad? Dichosa era que así respondía a la incertidumbre. Él, en cambio, se sentía paralizado, lleno de temor y de arrepentimiento. No quería moverse de allí. Se aferraba a la posibilidad de que Elokim recapacitara y les permitiera regresar.

—Yo creo que debemos pedirle a Elokim que nos perdone, postrarnos hasta que nos deje volver.

Eva sintió la angustia de Adán en las plantas de los pies, en las palmas de las manos y en una nube turbia de agua que se le acumuló en los ojos y empezó a fluir por sus mejillas. Él sintió el calor de la mujer en su espalda y la humedad de sus lágrimas. Se alzó despacio y en cuclillas miró una vez más el Jardín. Flotaba a lo lejos en un aire claro e irreal. Del ramaje del Árbol de la Vida, retorcido y frondoso, emanaba la luz dorada y plácida que hasta entonces los alumbrara. Se preguntó si lograrían sobrevivir, si cuanto había acontecido no sería simplemente un engaño de Elokim, un espejismo para obligarlos a sentir nostalgia. Eva se separó de su lado y caminó muy cerca del abismo. A medida que el humo espeso se esparcía diluyéndose en el aire, el contorno del Paraíso se definía con mayor claridad. Podía ver los senderos tantas veces recorridos, las plantas, los árboles cuyos nombres conocían. Oía el ruido de los ríos que, ya sin cauce, se derramaban sobre el precipicio. Regresó al lado de Adán.

—No creo que Elokim quiera oírnos aún —le dijo, acariciando su mano—. Apenas acaba de terminar de temblar la tierra. Habrá que esperar que se le pase el disgusto. ¿Por qué no vamos a mirar qué hay hacia allá donde se hunde el cielo? Mira que el polvo comienza a despejarse. Vamos, Adán, después haremos eso que dices.

Él aceptó su razonamiento con resignación. Empezaron a caminar dejando el Jardín a sus espaldas. A través de los espacios de claridad abiertos en la polvareda se adivinaba una ancha y rugosa estepa de tierra rojiza tapizada de hierba amarillenta y salpicada aquí y allá por grupos de palmeras y cedros. En uno de los lados del paisaje, montañas escarpadas de riscos afilados brotaban del suelo altas y agrestes. A una distancia que les era imposible determinar había una formación rocosa. Enormes placas de piedra sobresalían de la superficie como expulsadas de una región oscura. Las rocas más allá se alzaban en montículos hasta formar una montaña extraña y solitaria sobre la que ascendía una mancha de tupida y variada vegetación que serpenteaba verde hasta perderse en los confines de la llanura a sus pies. El paisaje no parecía nuevo, si no más bien cansado, fracturado, dolido. Les sobrecogió la enormidad de sus dimensiones y la arbitrariedad con que rocas, hierba y vegetación crecían y se acomodaban de manera tan distinta al Jardín. ¿Sería Elokim quien habría dispuesto todo aquello?, se preguntó Adán, asombrado de que pudiese existir tan cerca del Jardín un paisaje tan desolado y hostil como aquél. A su lado, Eva avanzaba tratando de apaciguar la sensación de haber empequeñecido súbitamente. Se sentía diminuta, frágil. Le ardían los ojos y le picaba la nariz.

—¿Qué pasará allá donde termina el cielo, Adán, habrá otro precipicio?

—Eso es el horizonte —dijo él—. Fíjate que se mueve mientras caminamos.

Eva miró las nubes. ¿Dónde irían?, pensó, jamás se lo había preguntado antes, cuando las veía rodar sobre su cabeza tendida junto al río en el Jardín.

Sin ponerse de acuerdo, ambos enfilaron sus pasos hacia la mancha verde de pinares. Eva se detenía aquí y allá. Levantó piedras del suelo, briznas de hierba. Las olió. Pensó en el Árbol de la Vida y el Árbol del Conocimiento, tan similares y a la vez opuestos. La tierra fuera del Jardín también tenía rasgos, olores que le recordaban su Paraíso, y sin embargo cada cosa en esos parajes parecía poseer la alternativa entre hacer daño como el que le hacían las piedras en las plantas de los pies mientras caminaba, o simplemente mostrar sus cantos agudos y su dureza cuando se inclinaba, las recogía y las observaba sobre la palma de su mano.

¿Existirían el Bien y el Mal en todo cuanto los rodeaba?, se preguntó. Dio un respingo al extender la mano para tocar una azul y perfecta flor silvestre. ¡Tenía espinas! Jamás imaginó que una flor pudiese herirla.

Adán veía a Eva esquivar las piedras del camino. A él también se le enterraban en los pies obligándolo a saltar para evitar el aguijoneo que, sin saber cómo, le subía por las piernas hasta el pecho. Desde que comenzaran a alejarse del Jardín, el mismo cuerpo que hacía tan poco le brindara placer no cesaba de causarle una miríada de sensaciones que no lograba entender ni suprimir. El polvillo que flotaba en el aire le ardía en la garganta, la luz cenicienta se le pegaba a la carne causándole ahogo y agua salada en la piel. Palabras nuevas, dolor, sudor, emergían en su conciencia y nombraban aquellos desconcertantes malestares.

Mientras Eva se separaba de su lado para palpar árboles desconocidos, las hierbas y pequeñas flores, él no cesaba de mirar hacia atrás, de añorar el Jardín y de preguntarse con angustia si se le pasaría a Elokim el impulso iracundo de expulsarlos y dejarlos expuestos y solos en aquel paisaje demasiado grande e inhóspito.

A medio camino, Adán vio un halcón. Volaba en círculos a los lejos. Los animales, pensó. Los había olvidado. ¿Dónde estarían? ¿Qué habría sido de ellos?

El cielo blanco y espeso le pesaba sobre la espalda. Se preguntó si aquella luz macilenta sería tan constante como antes lo fuera la cálida y dorada luz del Jardín. La sensación de su piel sudorosa y el calor que le encendía el cuerpo lo obligaban a caminar despacio. Eva también sudaba. El brillo de su cuerpo mojado atraía a Adán. Se acercaba y le pasaba la mano por la espalda, por los brazos. Notó el tono rojizo que había adquirido y se preguntó si el color de la tierra se estaría reflejando en ella. Aunque no cesaban de caminar, apenas se acercaban al verdor lejano. Eva escuchaba el viento. ¿De dónde vendría? Era como Elokim, invisible pero presente. Le pareció oír risas. Pensó que serían los otros que ella viera. No concebía que estuvieran solos en una inmensidad como aquélla. En el agua del río, ella había visto muchos. Volvió a escuchar la risa. Se detuvo. Hizo un gesto a Adán para que se quedara quieto.

—¿Oyes eso? Alguien se está riendo.
—La Serpiente. Andará por aquí.

El hombre alzó la mirada. Estaban muy cerca de unas extrañas formaciones de roca que emergían de la tierra como enormes monolitos y cuyas paredes mostraban franjas que iban del rosa pálido al naranja. La risa se escuchó más clara. No sonaba como la Serpiente. Adán corrió hacia las rocas de donde provenía el sonido. Eva lo siguió. Las vieron surgir en lo alto de uno de los promontorios. Hienas. Seis o siete. El hombre sonrió. Recordó el nombre aquel haciéndose en su mente, construyéndose en su boca. Por primera vez asoció el sonido de las hienas con el de su propia risa. Las llamó. Los animales siempre se acercaban cuando él los llamaba. Las hienas no obedecieron. Husmeaban el aire. El sonido de sus risas se diluía en roncos gruñidos. Los observaban y se movían inquietas. Eva vio una de ellas empezar a descender. Sin saber por qué sintió frío en la espalda.

—No nos reconocen, Adán —dijo, con el pecho apretado, en guardia—. No las llames más. Vámonos de aquí.

Adán la miró con extrañeza. Descartó su preocupación con un gesto que afirmaba su señorío sobre las bestias. Las llamó de nuevo.

Eva retrocedió amedrentada. Dos hienas bajaban del promontorio. El resto daba vueltas arriba como si no atinaran a saber qué hacer, inquietas, emitiendo sonidos extraños y desagradables.

Haciendo caso omiso de las advertencias de la mujer, Adán fue a su encuentro. A pocos pasos de distancia, extendió su mano para tocarlas, como acostumbraba hacer con cualquier animal en el Jardín. Sólo entonces se percató de cuánto de lo que antes era había cambiado. La hiena más atrevida se agazapó sobre sí misma y de un salto arremetió contra Adán, lanzándole un zarpazo que le rasguñó la mano. Fue la señal para que las otras bajaran a toda carrera de las rocas. Eva gritó tan fuerte como pudo, se agachó, tomó una roca del suelo y la lanzó con todas sus fuerzas hacia la manada de animales. Asustadas por el grito, sorprendidas por las pedradas, las hienas se detuvieron.

Adán siguió el ejemplo de Eva y empezó también a lanzarles rocas, al tiempo que retrocedía, agitado.

Pasmados por lo sucedido, presos de una angustia que les alborotó el pecho, azuzados por el instinto, el hombre y la mujer echaron a correr a toda velocidad en dirección al Jardín.

Poco antes de llegar, jadeando, con el rostro descompuesto, sudoroso, Adán tomó a Eva por los hombros.

—Pediremos perdón, Eva. Nos postraremos y rogaremos a Elokim que nos deje volver. Tienes que prometerme que nunca más comerás de la fruta prohibida.

—Nunca más —dijo ella, asintiendo, dispuesta a cualquier cosa por esquivar la mirada desquiciada del hombre y el miedo que sacudía sus piernas.

—Aún no hemos conocido todo lo que Elokim conoce. No tiene nada que reprocharnos. No hemos cambiado.

Eva lo miró. No quiso decirle que nada quedaba ya del resplandor que antes irradiara, ni que a ojos vista se estaba empequeñeciendo. No quiso pensar en el sonido quejumbroso con que el aire entraba en sus pulmones. El peso de su temor, la carrera frenética huyendo de las hienas, le dificultaban la respiración. Él tenía razón. Lo mejor sería regresar, rogar, humillarse.

Se postraron al borde mismo de la profunda grieta abierta dentro de la cual el aire era ahora claro, y dejaba entrever muy al fondo un amontonamiento de rocas filosas y tersas. Divisaron al otro lado la copa espléndida del Árbol de la Vida. Adán aspiró el aire con avidez. Si pudiese dar un salto que lo colocara dentro del Jardín, no saldría de allí ya más, pensó. Arrodillado al lado de Eva, con la boca rozando la arena del suelo, exclamó a grandes gritos su arrepentimiento, cuanto lamento y ruego alcanzó a nombrar. Eva lo secundó avergonzada y contrita, alzando su voz hasta sentir que todo su ardor se consumía en aquella súplica.

Una ráfaga de viento surgió súbitamente del precipicio y los envolvió alborotándoles los cabellos y despojándolos de las hojas con que habían cubierto su desnudez. Frente a sus ojos el viento se tornó visible, una sustancia encendida y afilada, una gigantesca hoja roja y naranja alargándose y acortándose, restallando a sus pies, más ardiente y terrible que el calor que habían experimentado. La lengua de fuego se abalanzó sobre ellos inclemente, lamiendo las plantas de sus pies, las palmas de sus manos, chamuscándoles el pelo, fustigándolos. Alcanzaron a levantarse, empezaron a correr, retrocedieron. Sin cejar un instante, el fuego fue tras ellos, los empujó inmisericorde por toda la estepa hasta conducirlos hacia la montaña que sobresalía en medio de la formación rocosa. Con los brazos sobre sus cabezas, protegiéndose como podían, los pies desollados y dolientes, Adán y Eva llegaron a la ladera y subieron trabajosamente seguidos de cerca por el fuego. En medio de unos arbustos espinosos, avistaron la boca de una cueva. Tan súbitamente como apareciera, la llama se extinguió con un sonido sordo. Ellos comprendieron que habían llegado a la que sería su morada en aquel paisaje hostil al que los habían desterrado. Sobrecogidos de espanto, se refugiaron el uno en brazos del otro, agitados por un llanto que no lograban contener.

—Ésa es una demostración de poder casi tan impresionante como la Creación —dijo la Serpiente, apareciendo sobre una roca al lado de ellos—. Y pensar que sólo comieron frutas.

—¿Por qué no pensé en comer del Árbol de la Vida? ¿Por qué no me dijiste que lo hiciera? ¿Por qué? ¿Por qué? —dijo Eva, entre sollozos.

—Ilusa eres si crees que Elokim lo habría permitido. Aun la libertad que les dio tiene sus límites.

—Las hienas nos atacaron hoy —dijo Adán—. ¿Qué pasará cuando lo hagan otros animales?

—Tendrán que aprender a distinguir en cuáles pueden confiar y en cuáles no. Los animales empiezan a tener hambre.

—¿Qué es eso? —dijo Eva.

—Hambre y sed. Ya lo sabrán. Y sabrán qué hacer. Poco a poco se darán cuenta de todo lo que saben. Lo tienen dentro. Sólo deben encontrarlo. Entren a su cueva. Descansen. Han tenido un día pesado.

—¿Día?

—Día y noche. Medidas arbitrarias sujetas a la rotación de los astros. Descansa, Eva. Deja ya de preguntar.

CAPÍTULO 8

La cueva era amplia, rocas planas irregulares sobresalían de sus paredes, dejando al centro un espacio cubierto de una fina arena oscura. Los lados se curvaban hacia arriba hasta cerrar una suerte de bóveda horadada en lo alto por un orificio por donde penetraba la claridad. Tras el calor del fuego y el resplandor del día, la frescura y la penumbra de su interior los alivió.

Eva se dejó caer sobre una piedra plana. Adán miró la espalda de la mujer. Sus piernas largas y sus pies recogidos contra su pecho. Parecía el pétalo de una flor. A pesar del pronóstico de que morirían el día en que comieran del árbol, seguía sintiéndose tan intensamente corporal y vivo como tras probar la fruta. Sólo el temor de otro inesperado y cruel castigo le impedía volver a entrar en la mujer y esperar dentro de ella a que se aquietara la agitación y pesadumbre que lo embargaba. Eva empezó a rogarle que le explicara cómo distinguir la vida de la muerte y no podía hacerlo sin tocarla. De tan apretadas unas contra otras, las nuevas y penosas sensaciones apenas le permitían pensar.

—Nunca he sentido esta pena en mis pies, en mi

piel. Tengo la boca llena de arena, la garganta me arde. ¿No crees que esto sea la muerte? —gemía Eva, inconsolable.

—La muerte es lo contrario de la vida —dijo él—. Sientes todo eso porque estás viva. Es lo que querías, Eva, ¿no es cierto? —se escuchó decir a su pesar, mientras se sentaba a su lado—. Querías el conocimiento. Esto es el conocimiento: el Bien y el Mal, el placer y el dolor, Elokim y la Serpiente, cada imagen tiene su reflejo contrario.

Por ella sé que estoy vivo, pensó. Aunque sus cuerpos ya no irradiaran luz, aunque estuviesen disminuidos de tamaño y la delicada cola que antes protegía sus escondidos orificios hubiese desaparecido, sentir el deseo de tocarla le impedía confundir la muerte con la congoja del profundo desamparo. Eva lo escuchó. Por más que se limpiaba los ojos, éstos volvían una y otra vez a llenarse de agua. No lograba retornar a la quietud, silenciar sus manos, sus pies, su boca. El dolor se le metía en las palabras. Los rasguños, los cortes, las quemaduras. El cuerpo de Adán era quizás más grueso. O quizás el dolor no entraba dentro de él contagiando de pena sus pensamientos. Ella sentía que las heridas de la piel transferían su ardor al vacío abierto en su centro, un precipicio igual al que los separaba del Jardín. La crueldad de Elokim y de lo que les sucedía la estrujaba sin tregua, dejándola sin ánimo, sin energía para comprender por qué lo hecho merecía los latigazos de fuego que los habían llevado hasta allí.

—Tengo sed —dijo—. Sed se llama esto que nos ha dejado árida la boca. Ayúdame a buscar agua. El agua quita la sed.

Apenas podía hablar. Sentía un ardor insoportable en la garganta, una espesura seca entre los dientes.

Adán recorrió la cueva. Había escuchado un tenue sonido de agua al entrar. Hacia el fondo, encontró un angosto manantial que se deslizaba por una de las paredes y corría por un estrecho canal hasta desembocar en la concavidad honda de una roca. Tomaron turnos para meter la cabeza, la cara, abrir los labios y dejar que los dientes se limpiaran de arena. El agua alivió la sequedad de sus bocas. Llenaron los carrillos, pero no se atrevieron a tragarla. Era fría y lo contrario del fuego, pero quemaba igual. La escupieron al mismo tiempo. Tuvieron miedo de que les rompiera el pecho.

Sobre una roca encontraron largos trozos de un material extraño sobre el que crecía pelo, como sobre la piel de los corderos. Se cubrieron con él, atándoselo a la cintura. El pelo era suave y lustroso. Lentamente entraron en calor. Se echaron sobre las piedras. Él la vio quedarse con los ojos cerrados. Se extendió al lado de ella, la abrazó y cerró los ojos también.

Eva despertó. No quería despertar del todo porque se había soñado de regreso en el Jardín y todavía su conciencia no distinguía con claridad la realidad de la imaginación, pero por la curiosidad de saber si las terribles cosas que recordaba habían sucedido o no, entreabrió los ojos. No vio nada. Los abrió tanto como pudo y tampoco logró ver. Pensó en los cuervos. El color de sus alas lo inundaba todo. Extendió las manos para tocar la densa oscuridad. Se sentó de golpe. Sus dedos se hundían en el aire negro y ciego. De nada le servían los ojos. Se tocó la cara para cerciorarse de que estaba despierta. Manoteó presa de pánico.

—¡Adán! ¡Adán! ¡¡¡ADÁN!!!! —gritó.

Lo sintió moverse, despertar, gruñir. Luego un silencio y un grito.

—¿Dónde estás, Eva? ¿Dónde estás?

—¿No puedes verme?

—No. No veo nada. Sólo negrura.

—Creo que estamos muertos —gimió ella—. ¿Qué otra cosa puede ser esto?

Tanteó cerca de ella hasta sentirla. Él percibió sus dedos fríos. No podía entender que ella desapareciera. No poder verla. Un graznido le salió del pecho.

—No me gusta la muerte, Eva. Sácame de aquí.

Dentro de ellos, como en los primeros tiempos del Paraíso, escucharon la Voz. Su tono oscilaba entre la ironía y la dulzura.

—Es la noche —dijo—. La hice para que descansen, pues ahora tendrán que trabajar para sobrevivir. En la noche dormirán. Se quedarán sin voluntad. Así podrán entrar en su conciencia. Conocerla y olvidarla simultáneamente.

Eva percibió que la Voz estaba abierta para ella. No tuvo miedo.

—Eres cruel —dijo.

—Desobedeciste.

—No me digas que no lo planeaste. Nunca nos concebiste eternos. Sabías tan bien como yo que esto sucedería.

—Ciertamente. Pero ése era mi reto. No intervenir. Dejar que fueran libres.

—Y castigarnos.

—Es muy pronto para hacer ese juicio. Admito que

supe desde siempre lo que sucedería. Pero tenía que ser así.

—Devuélveme la luz.

—Ve con Adán más tarde a la entrada de la cueva. La luz estará allí, esperándolos. Día a día. Desde ahora existirán en el tiempo.

—Al menos no estamos muertos —dijo Eva cuando la Voz se apagó.

Al amanecer, Adán se percató de que las sombras se alzaban despejándose como una neblina. Eva dormía. ¿Estaría mirando su conciencia? ¿Qué lugar era ese al que se llegaba al soñar? ¿Comprendería ella lo que para él era incomprensible? No le gustaba verla dormida, ni dormir. No le gustaba cuando sus ojos se cerraban y su mente dejaba de pertenecerle. Y sin embargo, en la oscuridad de la cueva había sido un alivio abandonarse a la extraña inmovilidad, atender el clamor del cuerpo de quedarse quieto y dejar de sentir la pena y la nostalgia, el miedo y la incertidumbre. De golpe volvió el desasosiego. ¿Habría cumplido Elokim su palabra de devolverles la luz?

Se acercó a la entrada de la cueva y lo que vio le causó tal espanto que no pudo contener un grito. El cielo blancuzco del día anterior ardía de confín a confín, hasta las nubes se habían encendido. Llamó a Eva. Ella llegó deprisa, avanzando incierta como si recién aprendiera a usar las piernas. Miró el cielo rojo. Pasó a su lado y salió de la cueva, extendiendo los brazos hacia el aire cálido. Sobre el cielo vio el círculo rojo del sol remontando el horizonte.

—El cielo está en llamas, pero el fuego no alcanza a quemar la tierra —dijo ella.

Adán se acercó. Tenía los ojos llenos de lágrimas.

Eva se abrazó a su pecho. Él, que era más alto, apoyo su cabeza sobre la de ella y prorrumpió en sollozos. Qué harían, decía. Cómo podrían existir lejos del Jardín ahora que sus cuerpos dolían y tenían sed.

—¿Qué hemos hecho, Eva? ¿Qué hemos hecho? ¿De qué nos vale el conocimiento en medio de esta desolación? Mira la inmensidad que nos rodea. ¿Qué haremos? ¿Dónde iremos?

Ella no supo qué contestar. Nada era como lo había imaginado. Apretó los brazos alrededor de Adán. No quería verlo sufrir. El dolor de él resonaba dentro de ella y agitaba sus huesos. Deseó envolverlo con su piel, multiplicar sus manos para acariciarlo. La impaciencia que el hombre a menudo le provocaba la desalojó. En su lugar percibió dentro de ella un anhelo de consolarlo y quererlo, tan fuerte como el viento y tan suave y cantarín como el agua del río. Se preguntó si él lo percibiría a través de su pelo, si podría olerlo, si saberla poseída de ternura por él apaciguaría su desconsuelo.

—Probaremos la muerte, Eva —dijo Adán, enderezándose de improviso—. Quizás si morimos podremos regresar al Jardín.

—Recién dijiste que no te gustaba.

—Creí que la noche era la muerte. La muerte nos asusta porque no sabemos lo que es.

—Y ¿cómo haremos para morir? No será fácil —dijo Eva, desconcertada.

—Tengo una idea. Subiremos esta montaña —dijo él, recomponiéndose, animado por su determinación.

Empezó a caminar montaña arriba. Ella lo siguió, retrechera. No sabía lo que era morir. La Serpiente había dicho que la muerte era no sentir nada, pero ninguna explicación dio sobre lo que pasaba después de morir. Quizás valía la pena probar. Sería la mejor forma de salir de dudas y averiguar si la muerte era tan temible. Mejor saberlo que soportar la incertidumbre de su ignorancia.

La montaña crecía sobre la cueva. Grandes piedras sobresalían aquí y allá y, en medio de ellas, la tierra era arenosa salpicada de arbustos con espinas. A medida que subían aumentaba el peso de sus cuerpos. Les ardían los pies, las palmas de las manos con las que se apoyaban en la grava. El cielo había cambiado de color. Era azul ahora. Sin nubes. El incendio se había apagado y el disco del sol brillaba con una luz blanca, intensa, imposible de mirar. Volvieron a sentir el resplandor abrasador lacerándoles la piel. A Eva le sangraban los pies. No puedo más, dijo, sigue tú solo, pero Adán la cargó sobre la espalda y siguió camino jadeando, sudoroso, extenuado. No lograba comprender la fatiga, lo trabajoso que le resultaba hacer lo que antes no le costara ningún esfuerzo. Eva se quejaba, lloriqueaba. Sus lamentos se le metían por las narices, por los ojos, por las orejas y lo desgarraban por dentro. En silencio, maldijo a Elokim. Al fin alcanzaron la cima. Vieron la inmensa tierra, los volcanes humeantes, la isla del Paraíso, los ríos corriendo hasta el mar.

Eva calló. Aunque era diferente del Paraíso, el paisaje le pareció hermoso. Hermoso y extrañamente suyo.

—Si morimos ya no veremos todo esto —dijo.

—Yo te acompañé a comer la fruta —dijo Adán—. Acompáñame tú ahora.

Tras un lacónico y fugitivo momento de duda y lástima, Adán se lanzó al vacío desde el promontorio. La mujer se lanzó tras él.

Caían precipitadamente, el aire silbaba en sus oídos, Eva cerró los ojos, apretó los labios.

Adán alcanzó a ver el polvo rojizo del suelo agitarse y convertirse en un túnel de viento que, girando vertiginoso, los envolvió deteniendo su caída y los transportó por los aires hasta depositarlos en una corriente de agua.

Otra vez la Voz habló dentro de ellos.

—No es hora de morir —les dijo—. Conocerán la muerte en su momento. Y cuando llegue querrán que tarde un poco más.

CAPÍTULO 9

Tiritando, salieron braceando del agua. Reconocieron la vegetación de palmeras, cedros y pinos, las márgenes del río que vieran a los lejos. Era allí donde Elokim los había llevado. Sobre la hierba encontraron más pieles secas con que vestirse. El sol brillaba alto en el cielo. Se tendieron en la orilla, sin hablar, confundidos y escarmentados. El calor que poco a poco invadía sus cuerpos apaciguó el temblor que les dejara el vértigo y el terror de la caída.

—Tuve mucho miedo —dijo Eva—. No me pidas que intente morir otra vez.

Adán asintió. Había tragado bocanadas de agua. Era bueno el líquido cristalino, refrescaba la garganta, la boca. Esperó con cautela un buen rato para cerciorarse de que nada malo le sucedía y luego incitó a Eva a probarlo.

—Bebe, Eva, bebe. No te pasará nada. Sabe muy bien —dijo, tomándola de la mano y haciendo que se inclinara desde una roca para tomar el agua con el cuenco de su mano y llevársela a los labios.

Eva bebió. Sorbió el líquido con fruición, chupando

hasta la última gota de sus dedos, volviendo por más una y otra vez. Adán sonrió. Se admiró de que ella no hiciese nada a medias. Confiaba en él o lo desafiaba. Las señales de su rostro eran inequívocamente gozosas.

—¡Mira que salvarlos cuando decidieron morir! ¡Quién entiende a Elokim! Les dije que era contradictorio. Hace cosas y luego se arrepiente. De seguro lo consume la curiosidad de ver qué harán con la libertad que se tomaron.

Alzaron la mirada. La Serpiente hablaba enroscada en la rama de un arbusto cuyo tronco se inclinaba sobre el río.

—Tú otra vez —dijo Adán.

—También me he quedado sola. Me aburro.

—De haber muerto, ¿habríamos vuelto al Paraíso? —preguntó Eva—. ¿Por eso nos salvó, para impedir que regresáramos?

—De la muerte no hay regreso. Es mejor que no vuelvan a intentarlo. Muy poco han vivido. La vida los acercará al Paraíso.

—Dinos cómo —dijo Adán.

—No puedo ayudarles. Elokim ha dejado de hacerme confidencias. Estoy sola.

—Pero sabes mucho.

—El conocimiento no es la solución de todo. Ya lo irán descubriendo. Yo me marcho. Me cansa contestar tantas preguntas.

Ágil, se deslizó por las ramas del árbol y desapareció.

La mujer se tendió sobre la hierba, pensativa. Adán se acostó a su lado. Permanecieron largo rato en silencio, mirando el cielo cóncavo y azul a través de las ramas de los árboles.

—Me pregunto si la Serpiente es la Eva de Elokim —dijo ella—. Cuando hablamos en el Jardín me dijo que lo había visto hacer constelación tras constelación y luego olvidarlas. Se conocen de hace mucho.

—Quizás ella estaba dentro de él igual que tú estabas dentro de mí.

—¿Por qué crees que Elokim nos separó?

—Pensó que podríamos existir como un solo cuerpo, pero no resultó. Te dejó muy dentro. No podías ver ni oír. Por eso decidió separarnos, sacarte de mi interior. Por eso nos sentimos tan bien cuando los dos volvemos a ser uno.

—Pero tú piensas que yo soy culpable de cuanto ha acontecido porque te di a comer la fruta del Árbol del Conocimiento. Podrías haberte negado a comerla.

—Es cierto. Pero ya una vez que tú la habías comido, yo no podía hacer otra cosa. Pensé que dejarías de existir. No quería quedarme solo. Si yo no hubiese comido de la fruta y el Otro te hubiese echado del Jardín, yo habría salido a buscarte.

A Eva se le llenaron los ojos de agua.

—Yo no dudé que comerías —dijo ella.

—Y ese día te vi como si nunca antes te hubiera conocido. Tu piel lucía tan suave y brillante. Y tú me miraste como si de pronto recordaras el sitio exacto donde existías dentro de mí antes de que el Otro nos separara.

—Tus piernas me impresionaron. Y tu pecho. Tan ancho. Sí que sentí el deseo de estar allí dentro otra vez. Te he visto en sueños. Tienes cuerpo de árbol. Me proteges para que el sol no me queme.

Sin ponerse de acuerdo se levantaron y entraron de nuevo al agua a refrescarse.

—Éufrates —dijo Adán—. Así se llama este río.

Flotaron en la corriente abandonándose a la sensación del agua cristalina. Entendieron sin dificultad la alegría de los peces cuyos colores a menudo habían admirado. Adán abrió los labios y sorbió lentamente el fresco líquido. Pensó en el sabor del fruto prohibido y buscó a Eva. Volvieron a besarse y a entrar el uno en la otra, asombrados de la insólita experiencia de sus cuerpos livianos y fluidos. Largo rato estuvieron quietos, fuertemente abrazados, cada uno intentando recuperar la memoria perdida de ser una sola criatura, alcanzar las imágenes que cada quien guardaba en su interior y verter en ellas el río de las propias. Recorrieron inútilmente los pasadizos tenues de sus mentes, deseando penetrar la densidad de las sensaciones del otro, sin poder traspasar el espacio donde cada quien existía irremediablemente solo en el límite del propio cuerpo. Por más que trataron, no lograron ver el paisaje intrincado donde habitaban sus más íntimos pensamientos. Fue el reconocimiento de aquella traba infranqueable lo que finalmente los envolvió e hizo que sus músculos y huesos se abrieran sin reparos para tomarse la única intimidad plenamente concedida, a la que llegaron sobre la orilla, en medio del lodo y las algas de la ribera.

Cuando echaron a andar de regreso a la cueva, el resplandor del día daba paso a la luz suave y acogedora de la tarde. Soplaba brisa. Dejaron atrás el bosque de la ribera para cruzar a campo traviesa hacia la montaña. En el trayecto divisaron a lo lejos un grupo de elefantes y una manada de oryx, de largos cuernos. Parecían vagar desorientados como ellos. Comieron también del fruto prohibido, pensó ella. Quizás los juzgarían responsables de que los expulsaran del Jardín. Adán recordó las hienas. Se preguntó si éstos serían dóciles o los atacarían. Eva sugirió que no se acercaran demasiado.

—Extraño a Caín —dijo Adán recordando al fiel perro que lo acompañara en el Jardín.

—Y yo al gato —dijo Eva—. Anda, vamos al Jardín a buscarlos.

CAPÍTULO 10

Cuando de nuevo avistaron el precipicio y la lejanía misteriosa del Jardín en el centro, Adán sintió otra vez la flojera de sus lágrimas. Si hubiese sido un animal habría aullado de pena frente aquel espejismo cuya hermosura inexplicable era un ardor constante en su memoria. Forcejeó en su interior para acallar los reproches contra la mujer, la Serpiente y Elokim. De poco le servía razonar, hablarlo con ella; en la íngrima cavidad de sí mismo, no lograba aligerar el peso de haber sido desalojado de aquel lugar donde fuera creado para existir como la más especial y feliz de las criaturas.

Vio a Eva avanzar y detenerse detrás de unos arbustos floridos, oler las flores. Notó que su piel estaba más oscura, dorada, como si de algún modo se las hubiera ingeniado para guardar el brillo del Paraíso. La alcanzó. No debían acercarse mucho al precipicio, dijo. No fuera a ser que otra vez el fuego los asediara y los obligara a retroceder.

Caminaron a distancia prudente del abismo, uno hacia el Este y la otra hacia el Oeste. Las plantas rastreras que, tras el cataclismo, habían quedado desprendidas de la tierra feraz del Jardín crecían sobre la tierra roja, negándose a perecer. Encontraron a su paso altas hierbas, matorrales, plantas de hojas zigzagueantes y espinosas, que les dificultaban el paso lastimándoles las piernas. Conocieron la ponzoña de las hormigas y el piquete de jejenes y mosquitos. Eva hablaba a los insectos para que la obedecieran y los dejaran en paz. Tras percatarse de que aquello de nada servía, Adán avanzaba dando manotazos. Vieron conejos, faisanes, ardillas y ratones que, en vez de acercarse cuando los llamaban, huían espantados. Adán escuchó en la distancia el aullido de los lobos y los imaginó lejanos y amedrentados. Se preguntó si los que él conociera habrían encontrado otros como ellos ya experimentados en vivir fuera de los confines del Jardín. Echó de menos los leones de melenas doradas, la jirafa de alto cuello con sus ojos dulces, el Fénix magnífico y, desde luego, a su perro fuerte, listo y siempre obediente a sus deseos.

—Caín —llamó—. Caín.

Lo encontró al caer la tarde. Jugaba con un coyote, ajeno al hombre que lo buscaba. Al verlo alzó las orejas y corrió a lamerle las manos. Adán se arrodilló y lo abrazó. El hombre fue tan feliz como el perro al sentirse reconocido. El coyote los observó un rato. Pareció que se sumaría a sus juegos, pero dio la vuelta y se perdió en unos matorrales. Eva sonrió al ver al hombre rodar por el suelo con Caín. Ella y el gato nunca jugaban así. El gato nunca la trataría a ella como una gata, en cambio Caín se regocijaba y se entendía con Adán como si éste fuera otro perro.

No fue fácil para Eva cuando al fin encontró al gato. Empleó largas palabras dulces para convencerlo de que bajara de la rama del árbol donde estaba agazapado, arisco, maullando con tristeza. Ella se escupió la mano para ofrecerle agua de su boca reseca. El animal se acercó caminando pausado sobre una rama baja, pero después de que ella le rascó el lomo con las uñas, bajó del árbol y se restregó contra sus piernas.

Acompañados por el perro y el gato, el hombre y la mujer emprendieron el camino de regreso a la cueva. Él iba delante. Le tiraba un pedazo de madera al perro y éste lo recogía y volvía corriendo a traérselo. Adán sonreía. Ella no lo había visto sonreír así desde que el fuego les impidiera regresar al Jardín. Caminaba seguro de su rumbo. Admiró su sentido de la orientación. No usaba la nariz como el perro. Extendía el brazo, tendía la mirada, fruncía el ceño y parecía saber dónde ir. Su espalda era muy ancha. Quizás era eso lo que le permitía ubicarse mejor. A ella el paisaje la confundía. La planicie era tan vasta. Miró al gato caminando a su lado, con su andar ligero. Aunque no hablaran, los animales eran un alivio para el desamparo y la soledad. Desaparecían a ratos entre la maleza, pero volvían cuando los llamaban.

Anduvieron largo tiempo. A Eva el cuerpo le pesaba cada vez más y el hueco que desde la mañana gruñía en su estómago empezaba a dolerle. Imaginó un pequeño animal rascando en su interior, mordiéndola. Jamás había sentido nada semejante. Miró de reojo a Adán, quien también caminaba despacio. El cielo cambiaba de color, poblado de nubes cuyos bordes se habían tornado magenta y rosa. Escuchó una especie de rugido. Se volvió. Adán se apretaba el estómago, doblado sobre sí mismo.

—¿Sientes un hueco? ¿Te duele?

—Es el hambre, Eva.

—¿Qué haremos?

—No sé.

—La cueva está lejos aún. A mí me duele también. No quiero caminar más.

—Buscaremos un árbol. Nos sentaremos.

Buscaron un árbol contra el cual apoyarse. Debieron caminar un buen trecho para encontrarlo. En la planicie los árboles eran escasos, bajos. Las palmeras, en cambio, ascendían sin detenerse, delgadas, escurriéndosele al viento.

Se acomodaron al fin. Se dejaron caer sobre la tierra. El perro y el gato se echaron a su lado. El hambre había llegado de súbito igual que la fatiga. Aletargado, Adán se quedó dormido. Eva miró el día convertirse en el crepúsculo. La oscuridad le pareció suave esta vez, una neblina densa envolviéndolo todo. Después de un rato sus ojos distinguieron las siluetas de cuanto estaba cerca. Eso la tranquilizó. Escuchó silbidos, cantos de pájaros tristes, sonidos ásperos e indescriptibles. Observó que la oscuridad del cielo estaba salpicada de agujeros que dejaban pasar la luz. Se preguntó si sería a través de ellos que caían los pétalos blancos con que antes se alimentaban. Ese recuerdo sumado al sabor del higo prohibido le espesó la saliva y le agarrotó el estómago. Adán creía haber escuchado la Voz condenándolos a hierbas y espinas. Eva tanteó la tierra alrededor de ella, arrancó unas briznas de hierba, las mordisqueó. El sabor insípido, ligeramente amargo, la desconsoló. Renegó de haber comido la fruta, de haber actuado tan segura de sí, tan desafiante. Se preguntó si lo que tanto anhelara conocer valdría la pena. ¡Qué poco servían el conocimiento y la libertad para aquietar el hambre!, pensó. Si ella hubiese sido más dócil, ¿los habría dejado Elokim en el Jardín? ¿Por qué actuaba tan ofendido si todo aquello era parte de su plan? Quizás a Elokim se le confundían los mundos que creaba y olvidaba los designios que imponía a unos y otros. Ingenua había sido pensando que al comer la fruta le sería revelado el perverso o venturoso sentido de todo aquello.

Adán despertó bajo el cielo rojo del amanecer. Esta vez no le causó zozobra, sino que lo reanimó. Decidió que prefería el día a la noche. A pocos pasos del árbol bajo el que se habían guarecido, avistó otro de cuyas ramas pendían frutos verdes. Dejó a Eva dormida y fue a tomarlos. Peras, pensó. La boca se le llenó de saliva. Le dio una al perro. Lo vio morderla. Vio el jugo de la fruta goteando de su hocico. Arrancó otra. No terminó el gesto de llevársela a la boca. La tiró lejos. El perro salió tras ella. Adán hundió la cara entre las manos. Olió la fragancia de la pera en sus dedos. ¡No!, exclamó, abrumado por el súbito espanto más fuerte que el hambre. El olor de la fruta dejándole ofuscado. No podía arriesgarse, se dijo. Si Elokim se enfurecía de nuevo no quería ni imaginar qué castigo les impondría esta vez. Eran peligrosas las frutas. Su carne estaba llena de la rabia de Elokim. Si las comían, los arrojaría más lejos aún. Nunca podrían regresar al Jardín.

Despertó a Eva. Ella sintió el aroma de pera en sus manos.

—¿De dónde viene ese olor, Adán? ¿Has comido?

Le mostró el peral. Pero no había comido, dijo. Ni él ni ella debían comer las peras.

Ella se alzó veloz. Corrió hacia el árbol. Él la siguió.

—Nos prohibió comer la fruta de un árbol, Adán, no de todos los árboles.

—Nos prohibió comer de un árbol y nos echó del Jardín para que no comiéramos de otro. Te digo que no debemos comer frutas. Son peligrosas. No podemos correr ese riesgo de nuevo, Eva.

Ella lo miró incrédula. El hambre le aguijoneaba las entrañas. El olor de las peras tan cercanas le impedía pensar. Hizo intentos de tomar una. Adán la atajó. El perro empezó a ladrar.

—No puedes obligarme a que no coma.

—Mira cómo estamos, Eva, solos, hambrientos, desamparados. ¿Qué otra desgracia tuya quieres que comparta?

Eva sintió ardor en la cara y el pecho. Contuvo el deseo de lanzarse sobre Adán, llena de rabia y frustración. Su ímpetu la asustó. Avergonzada, confusa, echó a correr. Corrió y corrió. En el viento de la mañana, leve y fresco, recuperó la calma.

Adán corrió tras ella.

—¿Dónde vas? ¿Por qué corres? —le gritaba.

Ella se detuvo.

—Me da rabia que me recuerdes que comí la fruta cada vez que quieres que te obedezca.

—Cuando me desespero no puedo evitarlo —dijo él.

—Comer fue tu decisión.

—Sí, pero fuiste tú quien me ofreció la fruta. Tú comiste primero.

—No sabía lo que sucedería. Tú tampoco lo sabías.

—Sabíamos que podíamos morir.

—No fue lo que sucedió.

—No sucedió al instante, pero moriremos.

—Ya ves que Elokim no nos dejó morir. ¿No crees que llegarnos a conocer tú y yo bien valía la pena? ¿Y el sabor del higo? ¿Y el frescor del agua?

—¿Y el hambre? ¿Y el dolor?

—No tendríamos hambre si tú dejaras de tener miedo.

Se acercaban de regreso a la montaña donde estaba la cueva. Una sombra revoloteó sobre sus cabezas. Él alzó los ojos. Tras la instantánea ceguera de mirar hacia el sol, distinguió contra el azul leve del atardecer el plumaje suntuoso de su pájaro favorito, sus alas inmensas naranjas y doradas, la pequeña cabeza coronada por un penacho azul intenso. Era el Fénix.

—Fue el único que no comió con nosotros del Árbol del Conocimiento —exclamó Eva—. ¡Seguro que entra y sale del Jardín sin que el fuego lo detenga!

Adán se preguntó si sería una señal. Quizás el Fénix los llevaría de regreso al Jardín atravesando el precipicio. La posibilidad lo inundó de risa y levedad. Sintió el impulso de dar saltos, sacudir los brazos. En una ocasión el ave lo había llevado por los aires al mar antes de que la mujer apareciera. Lo dejó en el agua y él vio las criaturas lánguidas y leves que habitaban en su interior. Nombró al pez martillo, la ballena, el tiburón, las rayas y delfines, los cardúmenes de sardinas, los caracoles y las estrellas de mar. Contempló los abismos cálidos y las bocas por donde el vapor de incendios subterráneos escapaba hacia la superficie. Peces luminosos lo acompañaron en el trayecto donde intuyó por primera vez la oscuridad. Fue aquella intuición de un mundo sin luz la que evocó su memoria durante la primera noche oscura de su vida. Recordó los peces pequeños y de lomos coloridos que asociaba con los dedos de los pies de Eva, justo en el momento en que el ave descendía, alborotando un viento plácido, y depositaba dos higos frente a la mujer. Luego alzó el vuelo enfilando su pico y sus alas hacia el Paraíso.

Ella tomó los higos. Nada más verlos su boca se llenó por anticipado del sabor, el jugo, la carne de la fruta. Veloz como el gato, Adán se los quitó de las manos.

—No, Eva, te dije que frutas, no. Higos aún menos.

El hombre apretó los higos en sus manos. Sus ojos siguieron el rumbo del Fénix. Lo embargó la desilusión de verlo marcharse sin llevarlos de vuelta al Jardín.

—Tengo tanta hambre —dijo ella, asustada—. Debemos comer, Adán. Necesitamos comer.

—Tengo tanta hambre como tú, pero la desgracia me hace reflexionar.

—Pero éstos los trajo el pájaro, Adán. Los habrá enviado el Otro.

—No sabemos, Eva. Yo pensé que el Fénix nos llevaría de regreso. Pero estos higos... no sabemos, Eva, si se trata de otra argucia —dijo, tozudo—. Aún no sabemos si el Otro está a favor o en contra nuestra.

Apabullada por la ceguera y testarudez de Adán, Eva tragó las lágrimas cuyo sabor salado sintió en la boca reseca.

—Por favor, Adán, no tires los higos. Guárdalos.

Él los enterró a la entrada de la cueva. Cavó la tierra con ayuda de un pedrusco. Bajo la noche estrellada Eva no cejó en su intento de hacerlo desistir. Hay dos,

Adán. Dame uno. No lo convenció. Se acostaron sin hablar, sin tocarse, entregado cada uno al juicio riguroso del otro. El hambre de ella imaginaba el higo deshaciéndose en la tierra; lo que podía estar en su boca, perdido por la intransigencia del hombre, su crueldad. Porque era cruel haberla obligado a mirar cómo descartaba las frutas y peor aún que él decidiera por ambos. Había actuado como si las palabras de ella no tuvieran peso, ni sonido, como si no las escuchara. Y ella y sus palabras eran la misma cosa. No oírla era hacer que no existiera, dejarla sola. Él estaba consciente de no haberla escuchado. Escucharla lo debilitaba, confundía su intención. Ella confiaba demasiado en sí misma y él ya no sabía en qué ni en quién confiar. Sabía, en cambio, que la necesitaba. Extrañaba su calor, su cuerpo. La despertó la mano de él deslizándose medrosa bajo su costado buscando que ella le permitiese un flanco por donde entrar para abrazarla. Por las noches, Adán la acomodaba en el centro de su cuerpo, la espalda de ella contra el pecho de él. Sentir al hombre escudriñando la oscuridad para encontrarla la enterneció. El recuerdo de su rabia no fue suficiente para rechazarlo. Dejó que el brazo de Adán cruzara sobre su pecho y se acomodó contra él. Tenía frío. La cueva era fresca y protectora de día, pero de noche perdía el alma. Tenían que producir su propio calor restregándose el uno contra el otro. Se acomodó callada entre sus brazos. Él le dijo al oído que al día siguiente la llevaría al mar.

CAPÍTULO 11

Caminaron hasta que las gaviotas y el olor a salitre les salieron al paso.

Ante sus ojos, insondable, apareció el enorme cuenco transparente y azul. El perro entró al agua sin miedo. Saltó ladrando sin cesar. El gato, indiferente, se echó sobre la arena a contemplarlo. Adán narró a Eva sus exploraciones. Quería llevarla a ver lo que él había visto. Entraron al agua. Ella avanzó con cautela. El esfuerzo que debía hacer para caminar en medio de la masa líquida la hizo sentir limitada, torpe.

—Ahora, Eva —dijo Adán cuando ya el agua les llegaba a la barbilla—. Ahora húndete, abre los brazos, empújate hacia el fondo.

Fue inútil. Por más que lo intentó, se lo impidió el ahogo en la nariz, en la boca, en la garganta y el agua empujándola hacia la superficie. Con brazos y piernas, desesperada, trató de salir hacia la playa. Se percató de que Adán la seguía, confuso y abochornado. Ya no era como antes, le dijo. El cuerpo no le respondía, no descendía más allá de unas brazadas y el agua entraba por todas partes y no podía respirar. El mar era para mirarlo, le dijo Eva, ya cuando regresaron a tierra firme y terminaron de reponerse del agua salada que tragaron. El intento los dejó maltrechos y descompuestos, sobre todo a Adán. Tanto había empeñado su palabra describiéndole el mundo submarino. Ahora dudaba de haberlo visto alguna vez. Sería un sueño como últimamente se le antojaba gran parte de su vida.

—Pero el mar no es sólo para mirarlo —dijo con certeza.

Eva se tendió en la playa y cerró los ojos. El sonido de las olas arañando la orilla sin descanso era como el ruido constante de las interrogantes que no cesaban de hacerse y deshacerse en su mente.

Poco tiempo después, él regresó. Se sentó a su lado.

—Mira que he traído algo para tu hambre —dijo.

Eran conchas, ásperas y ovaladas. Al abrirlas, estaban llenas de una sustancia densa, blanca y temblorosa que dejaba la boca limpia, como si el agua se hubiese hecho carne delicada y salobre. Sobre una roca, Adán las golpeaba con una piedra hasta que revelaban la fruta de su interior. Ostras, dijo él. Ostras, repitió ella, riendo.

—¿Cómo supiste que tenían algo dentro, que podíamos comerlas?

—Igual que sabía su nombre. Así mismo.

No volvieron a la cueva sino hasta el día siguiente. Pasaron la noche en la playa, aparte el uno del otro, humillados por el alboroto de sus tripas: los ruidos, los olores, el descarte. Asqueados, se lavaron en el mar al amanecer. Discutían si sus cuerpos se habrían podrido, si sería otro castigo por haberse metido otra cosa a la boca, cuando vieron al perro y al gato orinar, defecar y tapar con arena sus desechos.

—Adán, ¿crees que los animales saben que son animales?

—Al menos no piensan que son algo distinto. No se confunden como nosotros.

—Además de animales, ¿qué crees que somos nosotros?

—Adán y Eva.

—No es una respuesta.

—Eva, Eva, nunca te cansarás de hacer preguntas.

—Si se me ocurren preguntas es porque hay respuestas. Y deberíamos saberlas. Comimos de la fruta, perdimos el Jardín y apenas sabemos algo más de lo que sabíamos.

Conversaron mientras iban de regreso a la cueva. Era un castigo, sin duda, pensar que el cuerpo se vengaría de aquella forma cuando comieran, decía Adán, pero lo cierto era que él, al menos, se sentía mejor, con más fuerza en sus músculos y más ánimo.

—Es razonable. Sacar de dentro lo que huele tan mal, lo deja a uno liviano. Y qué sensación más curiosa... muy diferente al dolor, ¿no crees?

Sonriendo, Eva disimulaba el pudor que el tema le inspiraba. Verse reducida a ingerir y eliminar como el perro y el gato, aparte de asquearla, la empequeñecía. No entendía que Adán disfrutara lo que a ella se le antojaba una humillación. No comprendía que le pasara desapercibida la saña que implicaba.

—El Otro no jugaba cuando dijo que polvo éramos y en polvo nos convertiríamos. Estos cuerpos nuestros, ¿cuánto crees que duren? —preguntó Adán.

—No lo sé. Sólo sé que el mío duele más que el tuyo.

Del cielo plomizo empezó a caer agua. Gruesas gotas golpeándoles la espalda.

Entraron corriendo a la cueva. La lluvia caía a torrentes. En el cielo, un árbol de ramas iluminadas y centelleantes azotaba el firmamento. A las embestidas de las ramas de luz, la tierra respondía con hoscos retumbos. En la oscuridad vieron los ojos centelleantes del gato. El perro husmeaba el suelo. Se acomodaron los cuatro sobre el saliente rocoso que les servía de lecho. Abrazados, Adán y Eva contemplaron los estallidos, el trueno y el relámpago, atónitos y temerosos.

—¿Se irá a caer el cielo? ¿Se estarán desplomando las estrellas? —preguntaba Eva.

—Creo que no —dijo Adán—. Están muy lejos.

—¿Cómo lo sabes?

—No estoy seguro.

Eva despertó sangrando en medio de las piernas. Se asustó al ponerse de pie y ver el líquido rojo manando de su sexo. En el resplandor del amanecer, la cueva lucía llena de neblina. Hasta las nubes se habían refugiado de la furia del cielo, pensó. En el bajo vientre un puño se abría y cerraba mortificándola. El líquido rojo era caliente y pegajoso. El perro se acercó a olerla. Lo apartó, incómoda.

Fue al manantial de la cueva y se lavó, pero la sangre seguía fluyendo. Despertó a Adán. Él dijo que traería hojas para limpiarla. Le dijo que se acostara de nuevo. Estaban asustados pero se lo ocultaban el uno al otro. El hombre regresó al poco rato. Traía las manos llenas de higos y hojas de higuera y el rostro iluminado.

La lluvia había hecho brotar dos higueras de las frutas que él había enterrado a la entrada de la cueva. Los árboles, maduros, estaban colmados de higos.

—Mira, Eva, mira. Tenías razón. Son para nosotros. Podemos comerlos.

Con las hojas y el agua del manantial, Adán hizo un emplasto para la herida de Eva.

—¿Será que voy a morir, Adán? No siento que voy a morir. Sólo a ratos me duele muy dentro.

—Mejor te quedas quieta. Cómete un higo.

Adán salió con el perro. Recostada en la penumbra de la cueva, Eva abrió un higo y miró su interior rosado y dulce, la carne y las pepitas rojas al centro. Mi cuerpo es diferente al del hombre, pensó, el líquido que sale de él cuando grita sobre mí es blanco. El mío es rojo y sale cuando estoy triste. Se acurrucó las piernas contra el pecho. No lograba olvidar las palabras de él culpándola de sus desgracias. Dolían como las piedras que desgarraran sus pies cuando subieron la montaña para lanzarse a la muerte de la que Elokim los rescatara. Estaba convencida de que la razón por la que los había rescatado era la misma por la que la había incitado a comer de la fruta del Árbol del Conocimiento: quería verlos vivir por sí mismos. Ella se lo había facilitado, pero Adán no quería comprenderlo. Más fácil culparla a ella que al Otro, que nunca se dejaba ver.

Después que se puso el sol, les asombró la claridad que envolvía la noche. Desde la cueva, las ramas de las higueras brillaban delineadas claramente por una luz cenicienta. Pensaron que la oscuridad estaba llena de agua y salieron a mirarla. De un lado a otro de la bóveda celeste, la noche límpida tras la lluvia les recordó la superficie del mar. En lo alto, un astro redondo, luminoso y pálido pendía ingrávido y sonriente.

—Se ve hermoso el sol apagado —dijo Adán.

—No es el sol. Es la luna. Por eso estoy sangrando.

—¿Cómo lo sabes?

—Lo sé —siguió Eva—. Sé que dentro de mí hay un mar que la Luna llena y vacía.

Adán no preguntó más. El embeleso del misterio contenido en la inusitada mansedumbre de Eva, la fragancia del aire límpido, la luz sin calor delineando los contornos de las rocas y árboles, y el cielo creciendo hacia infinitas alturas impregnaron sus ojos y su piel. A la par de su pequeñez, de saberse una criatura vulnerable extraviada en el destierro, experimentó la certeza de que él y ella eran parte esencial de aquel paisaje nocturno y desolado.

—¿Crees que estamos solos, Eva? ¿Crees que no hay otros como tú y yo en esta inmensidad?

—Hay otros. Los hemos visto en sueños.

—¿Estarán escondidos en nuestro interior? ¿Aparecerán mientras dormimos?

—No sé, Adán.

El conocimiento, pensó Eva, no era la luz que ella imaginó abriría de pronto su entendimiento, sino una lenta revelación, una sucesión de sueños e intuiciones acumulándose en un sitio anterior a las palabras; era la queda intimidad que crecía entre ella y su cuerpo. En aquel flujo, en el peso en su bajo vientre y en sus pechos, en el dolor que llenaba ahora el sitio donde el hombre se hundía en ella, presentía un hervidero de vida, una fuente que brotaría de ella para dispersarse por rumbos insospechados. Los días que sangró, no quiso salir de la cueva. Doblada, se pasó los días dormitando, como si los sueños fueran la única realidad que le interesara.

CAPÍTULO 12

Higos, peras, frutas amargas, hierbas de granos dorados que satisfacían la necesidad de morder, Adán recogía cuanto pensaba espantaría el hambre, pero el hambre regresaba. Cada mañana, al abrir los ojos, la sentía alojada en el centro del cuerpo, viviendo en él como una criatura ajena a su voluntad, imperiosa y cruel. ¿Qué podría darle?, pensaba el hombre. Las frutas apenas la aplacaban y eso que él y ella saboreaban con gusto la pulpa dulce y no cesaba de asombrarles la capacidad de los árboles de hacer brotar de sus troncos y hojas alimentos como aquéllos. En sus caminatas por los alrededores de la cueva, Adán había probado también hormigas y otros insectos, plantas gruesas y carnosas cuyo interior encontró misteriosamente acuático. Siguió a las ardillas y gustó de las semillas duras que mordían con sus largos dientes, pero su hambre era más grande que todas las pequeñas cosas que encontraba y que compartía con Eva. Ella, a diferencia de él, no se cansaba de seguir recurriendo a la higuera para saciar el hambre. Pensaba que la aparición del Fénix portando los higos en sus patas y la manera en que los árboles ha-

bían crecido de la noche a la mañana era una señal ine-
quívoca de que esos frutos eran los llamados a sustituir
los pétalos blancos que los alimentaran en el Jardín.

Agazapado entre las hierbas, miedoso de otro encuentro como el que tuviera con las hienas, Adán no
osaba acercarse demasiado a los grandes animales. Después del cataclismo fueron muchos los días en que apenas sintieron su presencia. Cimbreándose de cuando en
cuando, la tierra lucía desolada y quieta. Lentamente,
sin embargo, una mezcla de sonidos, algunos familiares,
otros indescifrables, viajaron por el aire hasta alcanzar-
los. Por la noche escuchaban el aullido de los lobos y los
coyotes, y en el día, desde lejos, el aire les llevaba el rugir de los leones o el potente llamado de los elefantes.
Pequeños animales: faisanes, monos, topos, tejones y
conejos se movían entre las altas hierbas y a veces podían acercárseles y encontrar sus miradas, antes de que
se escurrieran veloces desapareciendo entre la vegetación, poseídos al parecer del espanto que a ellos les ins-
piraran las hienas. Bandadas de cigüeñas, de garzas, de
patos pasaban volando sobre sus cabezas. Eva decía que
sus graznidos conmovían su corazón porque le parecía
que estaban llenos de reclamos y preguntas.

El gato y el perro intrigaban a Adán. Apenas comían
frutas y sin embargo parecían no padecer del hambre
que a él lo mortificaba. ¿Qué hacían los largos ratos que
se ausentaban de la cueva?

Descubrió la respuesta una mañana, al amanecer.
Lo despertó una bandada de pájaros melodiosos que
llegaron a posarse en las ramas de la higuera. Se sentó
en una roca a contemplar los mirlos saltar, cantar y pi-
car los higos. Excitados, el gato y el perro no cesaban de
ladrar el uno y maullar el otro dando vueltas alrededor

de los árboles. Caín se impulsaba sobre las patas como si quisiese volar. Arqueando el lomo, el gato se despojaba de su modorra y miraba a los pájaros con una expresión indescifrable. De pronto, tras arañar el tronco, el gato extendió el lomo y saltó ágil y diestro hasta una rama baja. Subió hacia la copa y se agazapó entre el follaje. Adán lo observó fascinado. Vio cuando, con un movimiento veloz de la pezuña, atrapó de un zarpazo a uno de los pajarillos y lo aferró del cuello con los dientes. Maullando fiero, usando sus largas uñas para amedrentar al perro, el gato bajó del árbol con la presa y corrió a esconderse en unos matorrales. Adán, en puntillas, se asomó a ver qué haría. Lo vio iniciar un juego desigual con el pájaro, acorralarlo, darle rasguños y dentelladas hasta dejarlo exangüe. Luego vio cómo le hundía los dientes en la carne y con parsimonia se lo comía. Asqueado, Adán se apartó. Poco después el gato salió de su escondite, relamiéndose, a echarse la siesta bajo el sol, satisfecho.

El hambre atacó a Adán tan repentinamente como la repugnancia. Se quedó quieto. Tomó un higo. Lo mordió. Se preguntó si la sangre del pájaro sabría diferente. Súbitamente comprendió el sentido de los huesos y olores que percibiera en sus exploraciones, los lamentos extraños, los sonidos de los tigres ocultos. Miró la higuera con empacho y desgano. Escupió la fruta. Pensó en el largo trayecto al mar y las ostras. Supo lo que debía hacer.

Entró a la cueva a buscar la vara larga cuya punta afilara con una roca para ayudarse a quebrar nueces y desenterrar amargas raíces. ¿Dónde vas?, preguntó Eva. Adán dijo que iría a indagar los sonidos de un rebaño de animales que rondaban en la planicie. Quería saber si permitirían que se les acercara. No atinó a explicarse por qué había evitado decirle la verdad. Ten cuidado, dijo ella. Lo tendré. Salió con el perro. El gato se quedó con Eva.

El sol calentaba en un cielo sin nubes. Decidió ir en dirección opuesta al Jardín, hacia las amplias planicies al fondo de las cuales se veían más formaciones rocosas y grupos de palmeras. Si los otros animales también andaban buscando cómo alimentarse, no podía estar seguro de que no lo consideraran a él un alimento. Tenía miedo, pero también urgencia. Caín también estaba inquieto, como si entendiera la misión del hombre.

No habían caminado mucho trecho cuando Caín alzó las orejas. Adán vio el conejo y se agachó. Intentó llamarlo para que el conejo se acercara por su cuenta.

Conejo, conejo. El pequeño animal se paró en dos patas, alzó las orejas. El perro salió tras él. Cuando Adán le dio alcance, ya Caín lo tenía sin vida entre las pezuñas y le arrancaba los pedazos a mordiscos. Se apartó. Dejó que el perro comiera. Observó lo que comía, lo que dejaba, la naturalidad sin aspavientos con que daba cuenta de la presa y el celo con que protegía su alimento aun de Adán mismo. Cuando él intentó acercarse, le enseñó los dientes, gruñó. El hombre esperó. Oteó el horizonte, perturbado. ¿Qué habría lejos de allí? ¿Habría debajo de ellos otro cielo como el que veían por la noche? ¿Qué sabor tendría la sangre de los animales? Con el palo azuzó al perro para que continuaran camino. No pasó mucho rato. Caín salió en pos de otro conejo. Adán corrió tras el perro poniendo a prueba la velocidad de sus piernas. Se lo arrancó de la boca. La cabeza del conejo le colgaba floja del tronco.

Esta vez fue el turno del hombre de ocultarse. Se sentó bajo un árbol. Cerró los ojos. Hundió los dientes en la piel del gazapo. Sintió la sangre, la carne bajo el pelo. Con los dientes, las uñas, separó el cuero, le arrancó una pierna. Comió la carne sangrante, cálida, con olor a almizcle.

Oyó la risa muy bajita. Una risa de burla.

—Mira en lo que te has convertido. Ahora tienes que matar para comer.

Pensó que era la voz en su interior, pero después reconoció el tono ronco, como si arrastrara pedruscos. Vio la Serpiente.

—Eres tú. Te reconozco. ¿Qué comes tú?

—He comido ratones, venados. El conejo no está mal. Pero mira, tú que te creías tan especial, aquí estás, comiendo como cualquier animal.

—¿Así sobreviviremos en este mundo, comiéndonos los unos a los otros?

—La vida alimentándose de la muerte. Elokim se enfurece y hace estas cosas: condena a un tipo de naturaleza a vivir como otra. Pero ya ves. A mí me dijo que comería tierra, a ti que comerías hierbas y espinas, pero cambió de idea. Ahora deja que nos comamos unos a otros.

—Lo conoces bien.

—Hace mucho que estamos juntos. Mientras él exista, también existiré.

—Existes para contradecirlo.

—Sin mí la eternidad se le haría intolerable. Yo le

suplo el asombro, lo impredecible. Te he hecho un regalo —añadió bisbiseando, maliciosa—, lo encontrarás al llegar a la cueva. Te servirá para comer, para calentarte. Pero debes apresurarte. Intenté advertir a Eva pero se negó a escucharme. Si no te apresuras, ella morirá.

El sentimiento de alarma envaró el espinazo de Adán. Sintió los músculos tensos, las manos crispadas. Dando voces llamó a Caín, y tan rápido como le permitían sus pasos tomó el rumbo de la cueva, llevando en sus manos los restos del conejo para compartirlo con Eva.

Yendo por la pradera, vio un grupo de tigres que rugieron feroces. Formando un círculo protegerían alguna presa. Tan despacio como pudo, procurando indicarles que no tenía intención de competir con ellos, se desvió detrás de unas rocas y reemprendió la carrera. Recordó la cantidad de bestias fuertes y de gran tamaño a las que pusiera nombre. Todas con hambre, pensó, ¿quién devoraría a quién?

Todavía le faltaba un trecho por recorrer cuando vio el humo y las llamas envolviendo la cueva y las higueras. Alguien había cubierto de arbustos y hierbas las piedras que formaban la entrada. El fuego crepitaba alzándose en altas llamaradas. Se detuvo sin saber qué hacer. Aun antes de conocer el miedo, el fuego lo acobardaba. Era, entre todos los elementos, el más potente y magnífico. Verlo ahora, sentir de cerca el calor y el humo e imaginar a Eva allí dentro lo llenó de terror e impotencia. El perro daba vueltas como loco, ladraba y aullaba. Él se acercó cuanto pudo, resistiendo el calor, tapándose la cara con las manos. Empezó a aullar también, a gemir, a golpear el suelo con los pies, llamando a Eva a grandes gritos. El humo lo ahogaba. No podía ser que Elokim permitiera que la Serpiente la matara. Él había dicho que no era tiempo de morir.

Lo llamó a grandes voces, imprecando, rogando, presa de la más absoluta desesperación.

—Elokim, Elokiiiiiiiiim —gritaba, dando vueltas, mirando hacia el Jardín.

No pasó mucho tiempo. Vio aparecer al Fénix. Volaba veloz extendiendo sus enormes alas rojas y doradas. Apretó los puños. ¿Que podría hacer el pájaro para aplacar el fuego? Aturdido, lo miró posarse sobre la cueva ardiente con las alas abiertas. Súbitamente el fuego, que se propagaba en múltiples direcciones, empezó a replegarse y a converger sobre el cuerpo del pájaro como si fuese una mansa criatura atendiendo un llamado ineludible. El contorno del ave, toda ella se esponjó y acogió el fuego agigantándose para que le cupiera dentro. Las llamas lo abrazaban restregando sus lenguas contra sus plumas sin que la pose estática del pájaro se alterara. Finalmente, sobre la cueva, el pájaro colosal, encendido como un sol, abrió las alas y alzó la cabeza. Estupefacto, inmóvil, Adán contempló la figura incandescente que ardió sin consumirse por unos minutos hasta que, lentamente, sin que cambiara su porte de estatua magnífica, quedó reducida a un montón de cenizas. Apagado el fuego, el hombre salió de su estado de impotente terror y se abalanzó, evadiendo las ramas carbonizadas de la higuera, a la boca de la cueva. Las paredes despedían vaho hirviente, pero el paso estaba abierto. Encontró a Eva, temblando, acurrucada bajo el manantial donde apenas corría un hilo de agua.

—Fue la Serpiente, Adán. Dijo que ahora que habías matado, te correspondía conocer el fuego. ¿Qué hiciste?

—Salgamos. Te lo explicaré todo, pero sal de aquí.

Caía la tarde. El cielo estaba hecho jirones rosa y púrpura. La cálida piel de Eva rozaba la suya. Adán sintió pena por el Fénix. Lo habían creído inmortal, pensó. La silueta de fuego ardía en su memoria. Conmocionado, le mostró a la mujer los restos calcinados. Mientras él buscaba hojas con que limpiarse el hollín de la cara y el cuerpo, Eva se sentó sobre unas rocas. Miraba la cueva, las higueras muertas, cuando notó la mano del viento moviendo suavemente las cenizas del ave. Las alzaba y dejaba caer una y otra vez, tal como si buscara darles un orden antes de llevárselas. Sobre la roca el montículo de ceniza se agitaba sin dispersarse, cambiaba de color, lentamente se convertía en plumas rojas y doradas que revoloteando se acomodaban en una forma que parecía guardada en la memoria del aire. En un instante, del plumaje emergió la cabeza del ave. Alzándose de la ruina, como si recién despertara, el pájaro se sacudió y, al hacerlo, la miríada de plumas retornó a su disposición primigenia. Con júbilo, comprendiendo quizás en ese instante el ciclo que su naturaleza repetiría por toda la eternidad, el Fénix abrió sus alas descomunales y, con un impulso grácil y un sonido gozoso, se remontó en el aire. Perplejos, Adán y Eva lo vieron fundirse con los colores del crepúsculo y perderse en el horizonte.

—¿No crees que nos sucederá lo mismo si morimos?

—No lo sé, Eva, no lo sé.

El sol se ocultó. Hombre y mujer se refugiaron de la noche en un ángulo entre las rocas, al descampado. Habían intentado entrar a la cueva pero las paredes despedían intenso calor y ardía la piel al tocarlas. Desde donde se encontraban veían resplandores naranja que provenían del interior. Brasas. Adán abrazó a Eva. Su pelo olía a humo. Traicionera la Serpiente, pensó. Dual. Amiga y enemiga. Lo confundía.

—No tenemos nada que comer —dijo Eva, mirando las higueras calcinadas.

—Tengo algo —dijo Adán.

Se levantó y fue a buscar el conejo que había dejado acomodado en la horqueta de un árbol cercano. Lo puso frente a Eva. Esperó su reacción. Donde él veía alimento, ella vio un animal yerto y sangrante. La mujer dio un grito y se tapó los ojos.

—¿Está muerto, Adán, o volverá a la vida como el Fénix?

—No. Está muerto.

Ella abrió los ojos. Tocó la carne floja, inanimada del animal, observó las pupilas opacas.

—¿Esto es lo que quieres que coma, la muerte?

—Esta mañana, el gato vio un pajarillo, lo mató y se lo comió. Luego Caín atrapó un conejo y también lo comió. Cuando lo vi atrapar otro más, se lo quité y lo traje para que lo comamos nosotros. Tendremos que matar otros animales y comerlos, si es que queremos sobrevivir. Me lo dijo la Serpiente. Ella ha comido ratas y venados. No podemos comer sólo higos. La carne del conejo no está mal. La probé.

—¿Y tú le crees a la Serpiente, Adán? ¿Crees que tengamos que matar para vivir?

Eva lo miraba incrédula, asustada.

—Sólo sé que apenas vi al gato comer el pajarillo, comprendí que eso es lo que debemos hacer. Hay muchos conejos, Eva.

Eva inclinó la cabeza, cruzó las manos por detrás del cuello en un gesto de desesperación.

—¿Quién es el Otro? ¿Quién es la Serpiente? ¿Quiénes son estos seres, Adán? ¿Qué quieren de nosotros? Uno nos engaña, el otro nos castiga. Pretenden ser nuestros amigos, pero se contradicen entre ellos. Si comer una fruta nos ha traído este castigo, ¿qué crees que sucederá si matamos para comer? Yo no quiero matar, Adán. ¿Cómo sabremos qué matar y qué no? Matar para comer —repitió ella, con expresión de repugnancia y asombro—. ¿A quién se le ocurrió?

—Te dije que hay muchos conejos. Elokim los haría con ese propósito.

—Te aseguro que al conejo que mates le tiene sin cuidado que haya muchos más. ¿Y si otro animal decide que nosotros somos sus conejos?

—Día a día tendremos que vivir y aprender. No puedo responder todas tus preguntas.

—No debes matar. Me lo dice todo el cuerpo. Si la muerte es semejante castigo, ¿por qué tenemos que dársela a otros? A Elokim parece que le resulta difícil ponerse en nuestro lugar, piensa que sabe lo que más nos conviene, pero yo sí puedo ponerme en el lugar del conejo. Pobre criatura. Míralo, hecho un despojo.

—No se trata de matar por matar, sino de matar para sobrevivir.

—No era así en el Jardín.

—Tú querías conocer el Bien y el Mal. Quizás esto sea el mal. Tendremos que probarlo. Si no, moriremos.

—De cualquier manera moriremos.

—Elokim dijo que nuestro tiempo no ha llegado.

—Así que te parece que éste es el mal que debemos probar.

—Sí.

—Pero somos libres, Adán, podemos escoger. Si crees que nos equivocamos una vez, ¿por qué equivocarnos de nuevo? Nos han dejado solos. Es nuestra la decisión de cómo queremos vivir.

Adán la miró largamente. Admiró su vehemencia. Pero era ella quien los había puesto en aquella encrucijada. No había tenido miedo de conocer el Bien y el Mal y ahora tenía miedo de lo que tendrían que hacer para vivir.

—Tú comiste la fruta.

—Quería saber, Adán. Ahora sé más de lo que sabía cuando estábamos en el Jardín. Por eso te pido que no mates.

—Si no hubiésemos comido la fruta, quizás nunca hubiésemos tenido que matar, pero ahora estamos solos. No puedo hacer lo que pides. Yo también sé lo que tengo que hacer. Quizás no te toque a ti matar. Quizás por eso seamos diferentes.

—Quizás, Adán. Piensa eso si quieres.

—Soy más grande y fuerte que tú. Me siento responsable de que logremos sobrevivir.

—Yo me siento responsable de cuidarte. Y parece que tendré que empezar por cuidarte a ti de ti mismo. No somos animales, Adán.

—¿Cómo lo sabes? Lo único que nos diferencia de ellos son las palabras que usamos.

—Y el conocimiento.

—Sé que debemos comer. Los animales lo saben también. Sólo a ti te disgusta.

—Me perturba tener que matar.

—Así está dispuesto. No lo dispusimos nosotros.

—Tendrás que endurecerte para hacerlo. Aprenderás a ser cruel.

—Quizás esté mal, Eva, pero el Mal también es parte del conocimiento.

Eva pensó con nostalgia en la luz y quietud del Jardín. En la eternidad. Recordó el reposo de su ánimo, los pensamientos simples de su mente ajena al sobresalto, al llanto, a la angustia o la rabia; aquel flotar leve de hoja sobre la superficie del agua.

—Si no hubiésemos comido la fruta —dijo ella mirándolo a los ojos— yo jamás habría probado un higo, o una ostra. No habría visto el Fénix resurgir de sus cenizas. No habría conocido la noche. No reconocería que me siento sola cuando te vas, ni habría sentido cómo mi cuerpo tan frío aún en medio del incendio se llenó de calor apenas oí que me llamabas. Seguiría viéndote desnudo sin que me turbaras. Nunca habría sabido cuánto me gusta cuando te deslizas como pez dentro de mí para inventar el mar.

—Y yo no habría sabido que no me gusta que tengas hambre. Me parece cruel verte palidecer y no hacer nada por evitarlo. Yo no decidí que las cosas fueran así, Eva. Yo aprendo de lo que veo a mi alrededor.

El hombre no dijo más. Ella también calló. ¿Por qué pensarían de tan diferente manera? —se preguntó—. ¿Quién de los dos prevalecería? Al descampado, junto a las rocas que circundaban la cueva, se acurrucó junto a él y más tarde, a horcajadas sobre Adán, con la luna menguante rodeándole la cabeza, hizo que el hombre olvidara el hambre y la necesidad de matar.

De madrugada regresaron a la cueva. El calor intenso había dado paso a una emanación placenteramente cálida. En la arena de la gruta, ardían unas piedras encendidas tenuemente. Adán dejó caer al descuido el conejo. El olor de la carne en el fuego le alborotó la saliva. Puesta al fuego, la carne se doró y fue más fácil hincarle los dientes. Él pensó que tendría que aprender a dominar la intensidad del fuego. Es como todo, pensó, contiene el Bien y el Mal.

Eva lo observó sin acercarse.

Al día siguiente fue ella quien salió a explorar. Quiso ir sola. No debes ir muy lejos, dijo él, no sea que no puedas regresar. Qué le hacía pensar que ella no podría ir y volver igual que él fue y volvió, sonrió ella. Y salió.

Notó que la luz del sol se filtraba blanda y leve a través de un cielo cubierto de nubes. Se encaminó hacia el río pensando que buscaría la manera de cruzar al verdor de la otra orilla. El perro la siguió a través de la pradera de altas hierbas amarillas. Iba delante de ella husmeando el suelo, provocando la huida de conejos que salían corriendo en todas direcciones. Había muchos, ciertamente. Imaginó sus pequeños corazones asustados. Un halcón voló muy bajo, levantó a uno de ellos y se lo llevó volando por los aires. Lo matará. Se lo comerá, pensó ella. Recordó el olor de la carne del animal. La visión de criaturas vivas comiéndose entre ellas era repugnante. La sangre. Los dientes del perro. El dolor de los animales sacrificados. Triste aquello. ¿Qué de bueno podría resultar si la vida se alimentaba de la muerte? ¿Quién lo habría dispuesto? ¿Qué harían si otro animal intentaba matarlos a ellos? Se negaba a aceptar que ésta fuese la única forma de proveerse sustento. La tierra producía higos y frutas. Si alimentaba pájaros y elefantes, tendría que ofrecer algún alimento dulce y benigno. ¡Ah, cómo echaba de menos los pétalos blancos del Jardín!

Llegó al río. Se detuvo a mirarlo. Imaginó un ojo gigantesco muy lejos de allí llorando el agua cristalina. El río llevaba tanta prisa y sin embargo no tenía más propósito que correr y correr. Escuchó su murmullo. Quizás los pájaros morían dentro del río y seguían cantando. Las piedras inexpresivas, mudas, eran suaves y mansas dentro del agua. El río venía de muy lejos. Se perdía en el horizonte. De lo alto del monte desde donde se habían lanzado al vacío, ella recordaba haber visto dos largos cordones de agua retorciéndose sobre el paisaje hasta empequeñecerse en la lejanía. Alguna vez debían seguirlos y ver hasta dónde llegaban.

Anduvo bajo la sombra de los árboles, aspirando con gusto el olor vegetal. Ardillas, pájaros, insectos pululaban por doquier. El perro olfateaba. Se detenía a orinar. De la ribera Eva saltó a un islote equilibrándose sobre las piedras que sobresalían del fondo. El perro nadó. Ella también se metió al agua para alcanzar la ribera opuesta. En una hoja de palma recogió frutas, cuanto le pareció carnoso y comestible. El paisaje era más verde y feraz en esa orilla, con árboles de follaje abundante y unas palmeras pequeñas de las que brotaban racimos de dátiles que arrancó encantada con su hallazgo. También encontró altas malezas doradas coronadas con penachos formados por pequeños granos duros cuyo sabor probó. Vagaba poseída de una energía extraña, como venada, mirando aquí y allá, ya no con una actitud contemplativa, sino con el propósito claro de encontrar en la naturaleza que la rodeaba lo que pudiera transformarse y serles útil. Arrancó hojas largas y pálidas. Las amarró unas con otras para sujetar su carga. Recogió cáscaras, semillas, flores, examinándolo todo, segura de estar rodeada de claves que con paciencia y atención alcanzaría a descifrar. La noche anterior, mirando las plumas del Fénix, había construido en su imaginación un plumaje para ella y Adán, pero apenas había encontrado una que otra pluma desperdigada por el suelo.

De regreso con su pequeño cargamento, tuvo un momento de desmayo. Perdería todo al cruzar el río hacia el islote. Observó que la madera flotaba en la corriente y, uniendo dos trozos de ramas anchas y secas con las lianas que llevaba, construyó un pequeño armazón sobre el que colocó su botín. El perro se echó bajo una sombra mientras ella trabajaba. Por fin Eva llegó al otro lado tiritando, pero feliz. Supo que cuanto había hecho ese día era bueno.

CAPÍTULO 13

Adán había matado más conejos. Los había desolla-
do. Ella se entristeció al regresar y ver las pieles extendidas —tensas siluetas despojadas— expuestas al sol sobre las rocas. Encontró al hombre dormido dentro de la
cueva, su rostro esforzado en aferrarse al sueño, los restos de su festín sobre el suelo al lado de la hoguera donde ardían trozos de madera seca. El gato, que yacía cerca de él, levantó la cabeza para mirarla impasible. El perro se posesionó de unos cuantos huesos y fue a echarse a un rincón de la gruta.

Ella abrió su atado de frutas y comió dátiles y naranjas.

—La tierra al otro lado del río se parece al Jardín.
Hay muchos árboles y frutas. Mira todo lo que encontré —dijo, cuando él despertó—. No tendrás que matar
más conejos.

—¿Has visto cuántos traje? Prendí fuego con un
leño en un lado de la pradera y me aposté en el otro. Vinieron corriendo. Si hubieras estado conmigo, tendríamos más aún.

Sonreía satisfecho, orgulloso.

—¿Para qué querrías tantos?

—Las pieles nos servirán para cubrirnos, y no nos faltará el alimento.

—Te decía que al otro lado del río hay frutas en abundancia.

—No podemos irnos lejos de aquí, Eva. Debemos esperar cerca del Jardín en caso de que el Otro se arrepienta y cambie de opinión. Ven. Mira.

Se levantó y la llevó fuera a un recodo en las rocas cercanas, donde había puesto dos conejos, sin pelar, sobre una piedra limpia y plana.

—He puesto esta ofrenda para el Otro. Quiero que sepa que agradecemos que interviniera enviando al Fénix a salvarte del fuego. Mira que ha seguido velando por nosotros. Quizás nos perdone.

—Una cosa es que impida que muramos y otra que esté dispuesto a que regresemos.

—Mira que te equivocaste cuando pensaste que comer la fruta no sería mayor cosa. Puede que te equivoques de nuevo.

—¿Y si no viene a llevarse los conejos?

—Se los llevaremos. Le llevaremos una ofrenda todos los días para ablandar su corazón.

Esa noche, Eva sintió que el sueño tardaba en llegar. Abrió los ojos en la oscuridad y vio los ojos del gato brillando sin parpadear y el resplandor rojizo de las brasas que Adán alimentaba con hierba y ramas secas para que no se apagara. No entendía la crueldad, pero la palabra le sabía amarga en la boca. Cerró los ojos. Exploró dentro de su angustia. Intentó distinguir la sangre que derramara su intimidad de la sangre de los conejos. Dentro de sus ojos, el mar reaparecía y también la playa larga y muda donde las olas cantaban su canción interminable. Sobre las rocas lejanas vio una figura. Creyó que era Adán y caminó hacia él. El rostro de otra como ella la sorprendió. Más le asombró que la conociera y supiera su nombre. A diferencia de ella, apenas cubierta con la única piel tosca y desgarrada que le había servido de vestimenta, la mujer iba envuelta en un plumaje que caía sobre sus contornos suavemente. Eva oía que la otra le hablaba, pero el viento se llevaba sus palabras. Ella quería escucharla y se acercaba intentando vencer la resistencia del aire que se había tornado denso y blancuzco. La boca se le llenaba de sal, pero no desistía. Quería saber quién era esa como ella que aparecía de súbito en su soledad. Al fin logró zafarse del aire que la atrapaba y cayó de bruces sobre la mujer. En el abrazo se disolvió el rostro que la miraba. Cuando recuperó el equilibrio estaba sola en la playa, sentada en el lugar de la otra, con el traje de plumas, viendo el mar.

—Adán, ¿dónde vamos cuando dormimos? ¿Quiénes son esos como nosotros que viven dentro de nuestros sueños? Anoche vi otra como yo en la playa. Quizás esté allí. Tendríamos que ir a buscarla.

Él soñaba con otros como él, dijo Adán. No quería decir que existieran. Los sueños eran lo que ellos querían ver.

Salió a mirar si Elokim se había llevado los conejos. Sobre la piedra no había ya nada, pero apostados sobre el risco que coronaba la sola montaña vio dos buitres grandes al acecho. Corrió a quitar las pieles, que puso a secar, intuyendo que no era Elokim quien había dado cuenta de su ofrenda.

—Se la llevaremos al Jardín —regresó diciendo.

Eva le dio a probar las naranjas y dátiles. Él comió despacio, saboreando el jugo dulce y la carne de las frutas. Ella recogió las semillas para ponerlas más tarde en la tierra, para que, igual que los higos, se convirtieran en árboles. Recogieron ramas secas para avivar el fuego. Adán cargó sobre el hombro un atado de conejos sacrificados y salieron caminando de vuelta al Jardín.

Hacía calor. A lo lejos el cielo estaba gris, lleno de humo, como si la otra mitad de la Tierra, la que no lograban ver, se estuviese incendiando. Recordaron visiones de sus primeros días: disturbios y resplandores que habían contemplado sin inquietarse. Las señales de cataclismos y los rugidos que hacían vibrar el suelo bajo sus pies, ahora los atemorizaban. Eva se acercó al costado de Adán. ¿Qué habría lejos, más allá?, preguntó. Dudaba de si alguna vez sabrían lo que albergaba la distancia. Adán la abrazó contra sí. Ella era más pequeña, su cuerpo más delicado. Él se preguntaba por qué. Se preguntaba si ella tendría razón al pensar que estaba con él para cuidarlo de sí mismo. A menudo él temía dejarla sola. Temía su manera de soñar, de ausentarse de su lado sin moverse. Le sorprendían sus ojos que miraban señales que para él pasaban desapercibidas y su piel que advertía, con el olfato del perro y el gato, lo que estaba por acontecer. Muchas noches, mirándola dormir, sentía ganas de despertarla y hacerle daño. No podía evitar sentir rencor por la manera peculiar con que, a diferencia de él, ella estaba conectada con la tierra, como un árbol sin raíces. Le asombraba que apenas hubiese lamentado haber comido de la fruta. Insistía en que no era ella, sino el Otro quien lo había dispuesto, y se negaba a aceptar su parte de culpa, el peligroso afán de su curiosidad. Aún podría hacerlos correr riesgos si seguía insistiendo en alejarse del Jardín, argumentando que nunca volverían. Él no se resignaba a aceptarlo. Más que de los cataclismos y de lo desconocido, tenía miedo de sí mismo, de cuanto estaba dispuesto a hacer para sobrevivir en esa tierra hostil. Tenía miedo del hambre y de la ferocidad con que uno a uno mató los conejos, aplastándoles la cabeza con una piedra. Había que ser cruel para matar. Ella no se equivocaba.

Sabían de memoria el camino al Jardín y por eso podían hurgar en su interior mientras sus pasos avanzaban por la pradera donde el trigo crecía alto y dorado, sin que ellos hubiesen aún intuido el pan que guardaban sus granos.

El humo distante arrastrado por el viento opacaba la luz del día, diluyendo los contornos del paisaje. Como les sucedía siempre al aproximarse al Jardín, la tristeza les entraba por los pies y se les subía al cuerpo como una enredadera. En su memoria, la nostalgia exacerbaba el color, el peso y el aroma de sus recuerdos.

Esta vez fue Adán el primero que notó los cambios. Eva iba con la cabeza baja concentrada en contener la repulsión que le producía el olor de los conejos muertos. El timbre de la voz de él la urgió a levantar la cabeza.

—¡Se está borrando!, Eva, ¡se está borrando! —exclamaba angustiado.

Eva miró. Pensó que se desplomaría al añadir al malestar de su cuerpo la sorpresa de sus ojos. Se tambaleó ligeramente. Adán corrió y la sostuvo. Apoyada en él vio entonces un ancho haz de luz dentro del cual, como succionado por una fuerza descomunal, el precipicio se cerraba, la tierra se unía otra vez, pero cuanto fuera el Jardín empezaba a ascender disolviéndose en un vaho resplandeciente como si un hervor oculto subiera del fondo de la tierra vaporizando los árboles, las orquídeas, las enredaderas de campánulas. Convertidas en alargadas siluetas, las formas vegetales se alargaban hacia el cielo en trazos verticales de verdor en los que vibraban tenues matices de rojo, azul, violeta y amarillo, como si de pronto el Jardín cediera a una confusa vocación de arco iris. Todavía los troncos de los árboles, los arbustos, cuanto estaba más cercano a la tierra, conservaba su contorno, pero el majestuoso ramaje del Árbol de la Vida y el más oscuro del Árbol del Conocimiento del Bien y del Mal, así como el follaje y el colorido de las copas más altas, se separaba de la superficie creando el efecto de una lluvia contraria que ascendía vibrante y temblorosa conteniendo en sí todos los tonos del verde; era como ver la imagen de un estanque que alguien desde el cielo estuviese arrancando dulce y pausadamente.

Eva cerró y abrió los ojos para cerciorarse de que la visión no provenía de su desvanecimiento. No conocía la palabra adiós, pero la sintió. Pensó que así sería la muerte que les habían prometido. Se diluirían el paisaje, los colores, se terminaría el sitio original de los recuerdos, quedaría uno indefenso, yerto, solo, viendo desaparecer impotente lo que era o podía haber sido.

Sintió rabia ante un designio tan cruel.

Aunque quizás era tiempo de que desapareciera el Jardín, de aceptar de una vez la realidad para la que estaban hechos y en la que tendrían que vivir. Sintió, en medio de su despecho, la claridad del pensamiento de Elokim extendiéndose dentro del suyo: Ellos no eran el principio, sino el perfecto final que Él había querido ver antes de animarse a darles la libertad, decía. Algún día su descendencia emprendería el retorno al Paraíso. Eva vio el nudo de su vientre desatarse, alejarse de ella eslabón por eslabón: seres rudos abriéndose paso, venciendo obstáculo tras obstáculo, llevando consigo el paisaje grabado por ella en sus memorias e intentando retornar a la tenue claridad del Jardín. Comprendió la urgencia y esperanza que le provocara vislumbrar las imágenes confusas, multitudinarias, que aún era incapaz de descifrar. Había contemplado la búsqueda a tientas de su descendencia, el camino circular que habrían de transitar hasta divisar el perfil de los árboles bajo los que ella aspirara su primer aliento. Deseó poder retener para ella y Adán la pequeña parcela perfecta que para siempre la señalaría con su dedo acusador. Comprendió que de poco serviría proclamar su inocencia. Su culpa también era parte de los designios de Elokim y la Serpiente.

Volvió en sí. Adán la zarandeaba.

—Tenías razón —gemía el hombre—. Lo está destruyendo. Nunca podremos regresar, comer del Árbol de la Vida.

El hombre se abrazó a su cintura, sollozando, desconsolado. Él había albergado la certeza de que retornarían al Jardín. Ahora que había matado, la muerte le producía terror. Cada noche se acrecentaba su ansiedad.

Se tocaba al despertar, llenaba sus pulmones para cerciorarse del aire, del olor de la tierra, de la presencia de Eva a su lado. Agradecía la luz, el agua de sus ojos, la solidez de su piel, de sus músculos y sus huesos, hasta las funciones animales que inicialmente le repugnaran. Y ahora Elokim lo obligaba a contemplar el fin de su principio. Igual que las copas de los árboles, así se disolvería su vida, la de Eva, cuanto mar, río, fuego o Fénix guardaran sus ojos.

No necesitaron ponerse de acuerdo para saber que esperarían allí a que el Jardín desapareciera por completo. Pasmados ante el espectáculo, se apostaron en medio de unas rocas, oscilando del asombro a la consternación. Los listones de color se bamboleaban al viento disgregándose en líneas verticales de matices cambiantes; desde las copas de los árboles, bandadas de pájaros remontaban el cielo dispersándose en todas direcciones, el Fénix macho y la hembra salieron volando rumbo al sol. Sus alas rojas y doradas iridiscentes y magníficas se encendieron en la distancia y llenaron el aire de llamaradas. Eva tuvo la clara sensación de que el tiempo se había detenido. No supo si era que todo sucedía a una velocidad vertiginosa, mientras ellos y cuanto los rodeaban contenían el aliento. Hasta los insectos que atraían los conejos muertos parecían flotar en el aire sin moverse. Lo movimientos de Adán, que los apartaba con un mazo de trigo, le parecieron de una exacerbada lentitud.

—Eva, ¿crees que podríamos entrar una última vez? Se ha cerrado el precipicio.
—Del Árbol de la Vida apenas quedan las raíces.

Elokim sabrá que ya no podremos comer de él y vivir eternamente —respondió ella.

—No quiero morir.

—¿Qué hicieron los conejos cuando los mataste?

—Se resistieron, pero después se quedaron quietos.

—Quizás eso sea todo: resistir y quedarse quieto.

—¿Y después, habrá otro Jardín?

—¿Y qué haríamos allí con el conocimiento del Bien y del Mal que hemos adquirido?

—No sé, Eva. No sé. ¿Hacemos el intento ahora por volver a entrar? Quisiera entrar.

Se acercaron con cautela. Temían que los persiguiera el látigo de fuego. Del Jardín apenas quedaban trazos sólidos. Nada los detuvo. Al caminar atravesaban las siluetas de los árboles y de las plantas. En la reverberación del aire todavía persistían ciertos aromas y hasta el canto de algunos pájaros. El color, como espuma, se les quedaba adherido por instantes a la piel. El Jardín también se despedía, lamiéndolos como un perro.

En el lugar donde Adán recordó despertar con Eva a su lado, encontró tres pequeñas plantas cuyas raíces permanecían unidas a la tierra. Las arrancó cuidadosamente para llevárselas y sembrarlas, pensando que bajo su sombra podría hacerse la ilusión de estar de nuevo en el Paraíso.

Volvieron al centro, al sitio de los árboles de la Vida y del Conocimiento. Los haces de color se elevaban ya por encima de sus cabezas, formando una densa hilera de luces verdes, claras e intensas. Bello, dijo Eva. Belleza. Así se llama esto. Se alegró de encontrar la palabra justa. La había buscado más de una vez en el mundo de su destierro que, poco a poco, la cautivaba con sus violentos crepúsculos, sus llanos y ríos. La belleza aparecía si el ojo sabía reconocerla. Quizás existiera hasta en la muerte. Quizás ésta no fuera tan mala. Sacudió la cabeza, se miró las manos. El pelo y las uñas le habían crecido. ¿Cuánto irían a durar sus vidas fuera del tiempo eterno del Jardín?

CAPÍTULO 14

Caminaron de regreso a la cueva despacio, sin ánimo. Hacía ya mucho que el Jardín les era inaccesible. Pero sabían dónde estaba. Podían verlo aunque fuera de lejos. Ese saber era un extraño consuelo. Marcaba su punto de partida, su origen. Al desaparecer el Jardín, quedaban a merced de las imágenes guardadas, de recuerdos que con el tiempo se les confundirían con los sueños.

Adán marchaba delante. Eva se fue quedando atrás, sumida en sus meditaciones. Recordó una vez más las palabras de la Serpiente: «Se aburre, crea planetas, constelaciones y después los olvida.»

Apenas terminaba de evocarla cuando escuchó su voz sibilante llamándola. Levantaba una pequeña nube de polvo. La Serpiente se arrastró deprisa para llegar a su lado.

—No te llevó consigo, ¿te abandonó a ti también? —preguntó Eva.

—Quiere estar solo. Creo que está triste. Pero él mismo es responsable. Crea sus propios espejismos. Mira que a ustedes los hizo a su imagen y semejanza, pero no se atrevió a darles más libertad que la de conocer sus límites; aunque debo decir que, aparte de mí, con pocos lo he visto atreverse a compartir tanto de su poder. La Tierra les pertenece ahora. Podrán recrearla, definir el Bien y el Mal como les parezca.

—¿Cómo nos parezca?

—Él no está aquí. No vivirá día a día lo que ustedes vivan, no podrá susurrarles al oído todo el tiempo.

Eva se quedó pensativa.

—Tendremos que aprender a conocerlos. Comimos de la fruta del árbol.

—Ajá.

—Comer los animales, matarlos, ¿está bien o está mal?

—Que Adán tenga hambre, ¿está bien o está mal? —dijo irónica la Serpiente.

—Podría comer otras cosas.

—Él piensa que no está bien comer sólo frutas y nueces. No satisface su hambre.

—Los otros animales también matan. El gato y el perro.

—Y no saben nada. El Bien y el Mal son los extremos. Hay mucho trecho entre uno y otro.

—Me confundes.

—Es confuso. Es la búsqueda que tú querías emprender.

—Matar para comer no está bien para mí.

—No lo hagas. Convence a Adán.

—Lo he intentado pero él insiste.

—Insiste tú.

—Será inútil. El hambre es angustiosa y puntual, como el sol y la luna.

—Desiste entonces. No lo juzgues.

—Pero tendrá consecuencias.

—Tú decidiste comer del árbol. También tuvo consecuencias. Ahora vete. Te has quedado muy atrás, Adán te busca. Se preocupa cuando no te ve.

De vuelta en la cueva, Eva se acurrucó en un sueño pesado que la asedió por muchos días. En su mundo sin pasado y casi sin recuerdos, sus sueños se repetían sin ser nunca los mismos. Elokim, la Serpiente, el Fénix, los conejos, las naranjas, los dátiles, el mar, la muerte; comer y estar desnudos el uno dentro del otro. Adán no quería que la modorra triste de ella se le pegara a la piel. La dejaba durmiendo y se ocupaba. Salió a buscar a la orilla del río unas plantas finas de tallos delgados y flexibles. Con espinas de un arbusto, agujereó el cuero seco de los conejos y pasó la fibra vegetal de un lado al otro hasta hacerse una cubierta que lo protegiera de los dolores intensos que sentía al golpearse los genitales. Para suavizar los cueros, los remojó en lodo varios días. Se percató de que cuanto más sucio el lodo, más se ablandaban. Con los cueros más suaves, cosió para Eva algo que le cubriera los hombros, los pechos y el sexo. Cazó más conejos, cazó tímidos faisanes. Se metió al río para atrapar peces, pero se le resbalaban de las manos. Recogió huevos de los nidos de los pájaros. Siguió la ruta río abajo, cruzó el islote y exploró el bosque donde Eva había encontrado naranjas y dátiles. La mujer apenas comía. Soñaba en voz alta y su estómago devolvía casi todo lo que él la incitaba a comer.

El fuego y el olor de la carne atrajeron otros animales. Por la noche, el perro ladraba y él escuchaba afuera rugidos y bisbiseos amenazantes. Eva no quería verlo, pero eran muchos ya los animales que saciaban el hambre comiéndose unos a otros. Adán buscó y afiló piedras y con ellas cavó la tierra y colocó a la entrada de la cueva varias filas de estacas para impedir el paso de visitantes inoportunos. Le asombraba encontrar dentro de sí la respuesta para los acertijos con que lo enfrentaba la necesidad. Amarró las piedras afiladas a largas varas de madera para multiplicar su fuerza, intentó cazar un par de cervatillos. Los persiguió con Caín, pero lo aventajaban en rapidez.

La luna llena apareció otra vez en la noche, pero Eva no sangró.

—Mi cuerpo está cambiando, Adán. Mira mis pechos. Si los aprieto, sale un líquido blanco de mis pezones. Y mira que se han puesto grandes y pesados. Y tengo tanto sueño y lo que como se pudre dentro de mí.

Adán rehuía hablar de eso con ella. Fingía no ver nada de lo que ella le señalaba. Lo que veía lo asustaba y no encontraba manera de explicarlo.

—Te has apagado porque duermes mucho. Sal conmigo mañana. Te hará bien meterte al río. Intentaremos atrapar algún pez, o regresaremos al mar a buscar ostras.

Le mostró el traje que le había cosido. Ella se levantó. Estaba sucia. Olía. El pelo enmarañado. Evocó la carne de agua de las ostras y sintió hambre. Él había mantenido el fuego ardiendo. Él también cambiaba, pensó. Dejaba de lamentarse, dejaba de tener esperanzas. Sin la alternativa del Jardín recurría a la habilidad de sus manos y a su propia intuición.

—Has estado muy ocupado —sonrió.

—Fui al otro lado del río. Podemos ir juntos, si quieres.

—Quiero meterme en el agua del río, pero me gustaría ir al mar.

Él alimentó el fuego. Metió las piedras que había estado afilando en una suerte de bolsa hecha con otra de las pieles. Ciertas piedras eran muy buenas para cortar, le dijo. Emprendieron camino. Adán no sabía decirle cuánto tiempo había estado ella dormitando. Le dijo que eran muchas las noches que había pasado aguardando que ella volviera de donde andaba. Mientras tanto, el aire se había puesto frío y las hojas de los árboles caían al suelo amarillentas y secas. Quizás pronto todo lo que veían se tornaría difuso y se disolvería igual que el Jardín. El paisaje ciertamente lucía desleído. Los verdes palidecían y la luz del sol caía sobre ellos suave y mansa.

—¿Qué hacen los animales? ¿Los has visto?

—De lejos. Se acercan pero sólo por la noche. Entonces los oigo respirar fuera de la cueva. Los oigo pero no les entiendo.

—¿Y te da miedo?

—Temo que piensen en comerme, igual que lo pienso yo de ellos. Si pudiera echar mano de un animal más grande, no tendría que ir a cazar conejos o faisanes todos los días. Se me hace cada vez más difícil porque creo que ya intuyen los trucos que uso para atraparlos.

—No sé cómo lo haces. ¿Te da gusto sentir que eres más fuerte y más listo?

—Ciertamente que adivino lo que debo hacer y eso me asombra. Me enfrento a una dificultad y tras meditarlo un rato, de súbito sé cómo solucionarla. Veo

131

posibilidades, las pruebo y una de ellas siempre funciona.

—Te mueve algo más que matar, entonces.

—¡Matar! No se trata de eso. Se trata de sobrevivir. Soy más pequeño que muchos animales, pero les llevo ventaja porque puedo prever sus movimientos. Ellos, en cambio, no tienen imaginación. Más que las palabras, creo que es eso lo que nos diferencia de ellos. Eso y la tristeza, Eva. Me da pena cuando recuerdo los animales acompañándome en el Jardín y me doy cuenta de que ahora sólo pienso en comerlos. Haces mal en creer que no es difícil para mí.

—Hace frío fuera de la cueva, Adán. ¿Crees que se esté apagando el sol?

—Creo que al desaparecer el Jardín el mundo se ha puesto triste. Ojalá no se apague el sol, Eva. Tendremos que hacerle más ofrendas a Elokim para que se compadezca de nosotros.

Llegaron al río. El verdor de la vegetación de las márgenes permanecía intenso. El agua corría más oscura y muy fría. Eva se sentó en la hierba y se puso a mordisquearla. Morder, comer, pronto ella también sucumbiría a la necesidad, al hambre. Dejaría de juzgar a Adán, como aconsejaba la Serpiente. ¿Qué era peor, el hambre o la muerte? Sus huesos flotaban en su cuerpo y eran ahora visibles bajo la piel. Podía ver los arcos de sus costillas, los nudos de sus caderas, sus rodillas; sólo su vientre se hinchaba. No le quedaría más que resignarse a existir igual que los demás animales que se comían entre sí. Y, sin embargo, tantos había que simplemente pastaban. Pero ella no podía comer hierba todo el día como hacían ellos. Su estómago no lo toleraba. El vómito verde era amargo e inevitable después que comía los tallos y flores que Adán le llevaba porque era lo que veía comer a los venados, las gacelas, los corderos. Se alzó y se acercó al agua. Despacio entró en la corriente. Con los brazos cruzados sobre el pecho, aguantando la respiración, se hundió en el agua gélida. La sensación era filosamente dolorosa pero a la vez placentera. Su cuerpo se replegaba en sí mismo, pero también despertaba, la sangre corría más deprisa. Se empujó con los pies y las manos, nadó un poco. Su pelo largo flotaba alrededor de ella. Un pez plateado se acercó y empezó a pasearse entre las hebras oscuras. Entraba y salía como si éstas fueran las ramas de una planta submarina. Al pececillo lo siguieron otros. Eva se vio rodeada de pronto por una multiplicidad de peces brillantes que se le acercaban sin temor, rozándole la piel. Sin pensarlo alzó la mano y la pasó sobre el lomo de uno de los peces más grandes. La criatura se lo permitió y tras nadar en círculo, regresó por más caricias. Ella probó a tomar uno de ellos con su mano y el pez se quedó quieto dentro de sus dedos. Se le ofrecían. Querían que los atrapara. Levantó los ojos y vio a Adán en la orilla gesticulando, animándola a tomar los peces y lanzarlos fuera del agua en su dirección.

Aseguró el más grande tomándolo por el centro. Con un gesto rápido, lo tiró en dirección de Adán, evitando pensar, sentir el aleteo de vida de la criatura. Los peces continuaban rozándola, como si quisieran que hiciera lo mismo con ellos. Tomó otro. Se lo pasó a Adán. Hizo lo mismo cuatro, cinco veces. Temblaba aterida de frío, conmovida por el ritual mudo y suave de los peces entregándosele como si supieran que los necesitaba.

Adán había aprendido el secreto del fuego. Juntó ramas secas y luego frotó dos piedras mucho rato hasta que la pequeña chispa saltó y encendió la lumbre.

Eva miró los cinco pescados muertos. Vio sus ojos abiertos. Alzó uno de ellos en su mano y le habló pidiéndole perdón. Después, mecánicamente, con la mirada perdida, empezó a arrancarle las escamas con las uñas, que le habían crecido largas y afiladas, y se los pasó a Adán.

Comió la carne blanca con los ojos cerrados. Era suave, dulce, como los pétalos del Paraíso.

CAPÍTULO 15

Lentamente, Eva recuperó sus fuerzas. De unas setas de sombreros intrincados que crecían en la densa vegetación de las márgenes del río tomó la idea de anudar plantas fibrosas y hacer una red para atrapar los peces. Cuando los comía, procuraba no recordar sus ágiles aletas nadando en la corriente. Para no sentirse culpable, se convenció de que las criaturas del agua no sufrían el mismo tipo de muerte que las de la tierra. Imaginó que transitaban de un estado al otro con la mansedumbre con que se pasaban la vida flotando y nadando en silencio. Los peces que ella comía los soñaba luego moviéndose en su estómago, en el refugio redondo que día a día le crecía en el vientre.

Quería volver al mar. El recuerdo de las ostras, la idea de encontrar la mujer avistada en sueños, el mugido quieto de las olas, el deseo de vagar sola sin que el hombre se empeñara en acompañarla se posesionaron de su ánimo. Esperó a que Adán se marchara una mañana y empezó a caminar.

Le gustó la sensación de que nada sino sus pensamientos fuera con ella. Bajó de la cueva y miró la montaña que le crecía encima, rocosa y escarpada hasta la cima, con los arbustos cuyas espinas aún recordaba arañándole la piel. Mientras descendía avistó sobre la planicie un rebaño de pequeños animales de altos cuellos con cuernos menudos en la cabeza. Cabras, pensó. Las criaturas del Jardín se habían dispersado. Adán decía que había visto elefantes, jirafas y cebras desaparecer tras el horizonte andando como si, al fin, alguien les hubiese dicho dónde ir. Unos animales desaparecían y otros regresaban de la estampida de los primeros días. Algunos se dejaban ver, otros rondaban agazapados como Adán, cazando a los más pequeños o menos fieros. Pensó en las hienas pero las apartó de su mente para no amedrentarse. Al fondo de la planicie, las montañas se recortaban claras en el día templado. Hermoso lucía el verdor acumulado sobre las márgenes del río. Para llegar al mar tendría que atravesar una depresión boscosa al otro lado de la montaña, subir unas colinas y luego caminar por una extensión plana y desolada en la que crecían grupos de palmeras. Volvería a la cueva, con suerte, al atardecer.

Caminó al descampado por la ladera rodeando la montaña hasta adentrarse en el bosque. El terreno descendía abruptamente. Trató de no perder de vista la colina al otro lado desde donde avistaría el mar, pero bien pronto se vio rodeada de altos troncos y denso follaje. A diferencia del Jardín siempre iluminado, en la hondura del bosque la luz del sol se tornaba por trechos en penumbra. Olía ligeramente a humedad y sus pasos hacían crujir las hojas y alborotaban insectos y pequeñas criaturas que se escurrían evadiéndola. A sus anchas y sin prisa, se detuvo a mirar el ciempiés, la lagartija, una tortuga de tierra de caparazón naranja. Se preguntó cuánta eternidad habría necesitado Elokim para crear todo aquello, si le pondría atención a los detalles o si las criaturas que imaginaba, una vez concebidas, se encargaban de inventar para sí mismas la mejor manera de vivir en sitios tan diversos. Le sorprendió no haberse preguntado ninguna de esas cosas en el Jardín. Se percató de la mansedumbre con la que entonces aceptaba todo cuanto existía, ella también parte de una belleza que no se interrogaba a sí misma.

Creía haber caminado lo suficiente para llegar a la colina pero no terminaba de ir de la penumbra al claro, del claro a la penumbra. Intentó ubicar el sitio por donde había descendido, calculando que estaría al menos a mitad de camino. Miró a su alrededor. Creyó reconocer ciertos árboles por las hojas trepadoras que les crecían sobre los troncos pero se dio cuenta de que la sensación era ilusoria y que los árboles se reflejaban unos a otros como uno de esos sueños que se repetían dando vueltas incesantes sobre una misma cosa. Se volvió sobre sus pasos pensando que encontraría sus huellas, pero se le perdieron a poca distancia. No se desanimó. Se dijo que sólo tenía que decidir andar en una dirección sin desviarse y saldría de allí. La hondonada no era muy extensa y en algún momento tendría que emerger. Anduvo sin detenerse. Varias veces pensó que se acercaba al final del bosque, pero nada. Estaba perdida, pensó, furiosa consigo misma. La furia se tornó en temor y desconsuelo cuando, tras repetidos intentos por desandar lo andado o encaminarse por diferente rumbo, notó que la luz del día se apagaba. Tenía hambre y sed. Vio un árbol alto y grueso lleno de frutos pequeños. Cortó varios. Los puso sobre la palma de su mano y los reconoció. Eran higos. Más pequeños y amarillos que los de las higueras de la cueva o la del Jardín, pero higos al fin. Se sentó al pie del árbol. Descansaría, pensó. Descansaría y comería. ¿Qué haría Adán cuando no la encontrara? ¿Qué haría ella si no lograba salir de allí? Los ruidos aumentaban a medida que la luz palidecía. Cigarras, grillos emitían sus largos y sostenidos cantos vespertinos. Oyó el ronco croar de los sapos y sintió el despertar de las mariposas nocturnas. Tendría quizás que pasar la noche y esperar al día siguiente. Si no había logrado salir hasta entonces, no imaginó cómo podría salir en medio de la oscuridad. De súbito escuchó gran algarabía y experimentó una conmoción en las ramas del árbol. Una manada de monos hizo su aparición. Se columpiaban en las ramas y paulatinamente se acomodaron sobre éstas a dar cuenta de las frutas. Eva observó que no eran los pequeños monos de caras pálidas y cuerpos delgados y ágiles que solía ver en sus exploraciones con Adán y que le hacían pensar en la arañas, quizás por los dibujos que hacían al mecerse. Éstos eran grandes, de espaldas y brazos anchos. Divisó sus ojos brillantes, mirándola también.

Extraño, pensó. No recordaba haber visto animales semejantes en el Jardín.

Tras una pausa llena de chillidos, se pusieron de acuerdo y uno a uno se acercaron a ella. Los más atrevidos descendieron del árbol y la rodearon silenciosos. De vez en cuando alguno de ellos emitía un sonido agudo y repetitivo. A Eva le impresionaron sus rostros expresivos, casi humanos, y los ojos dulces con que la miraban llenos de curiosidad. Jamás se había sentido vista de esa forma por ningún otro animal. Uno de los monos, el más grande y de más autoridad, se le acercó. Ella le sonrió, sin saber qué hacer. No sintió miedo sino fascinación por ver lo que el animal se proponía. El mono se irguió y extendió uno de sus brazos hasta tocar suavemente, con su mano rugosa y larga, el pelo que le caía sobre la cara. Los demás empezaron a saltar y a emitir pequeños chillidos.

El mono que la había tocado la tomó de la mano. Quería que subiera al árbol con él. Ella dijo no, negó con la cabeza. ¿La habría confundido con uno de ellos? Sorprendida, Eva intentó comunicarse con él por señas, indicándole que no era ésa su forma de moverse en el mundo. Sólo podía caminar y no encontraba la manera de salir de allí. El mono la miró atento. Ella se giró en redondo para mostrarle que no tenía cola gesticulando para que comprendiera que no podía subirse a los árboles. Al poco rato, varios de ellos volvieron a subir por el tronco hasta colocarse sobre las ramas. Todos se marcharon finalmente. La oscuridad se cerraba ya sobre el bosque cuando volvió a quedarse sola. Fue más tarde, acurrucada contra el árbol, resignada a la noche, que sintió que le tiraban higos y vio al mono que antes la tocara llegar muy cerca de ella. Brincaba y se rascaba la cabeza, dando pequeños chillidos como si quisiera decirle algo. Lo vio alejarse del árbol andando entre los árboles, apoyándose en sus brazos y piernas. La miraba y hacía gestos. Le tomó un rato a la mujer comprender, pero se levantó y empezó a seguirlo.

Era noche cerrada cuando avistó la cueva bajo la luz de la luna. Encontró a Adán al lado del fuego. Estaba ronco de gritar, de tanto llamarla. La había buscado en el río, cerca del rastro que dejara el Jardín, recién volvía a la cueva esperando que ella hubiese regresado.

—Intenté ir al mar. Quería verlo —dijo ella.

Le contó cómo había perdido el rumbo, sus intentos por regresar y su encuentro con los monos.

—Uno de ellos me enseñó el camino. Me llevó al borde del bosque. Me dejó allí, como si me hubiese comprendido. ¿Crees que me comprendió, Adán?

—No sé, mujer —dijo Adán, abrazándola.

Se durmió con la oreja puesta contra el vientre de Eva, aferrado a sus piernas, pensando que no quería otro paraíso que estar así contra ella, escuchando aquel mar que crecía en su interior y donde a él le parecía escuchar el canto de los delfines.

CAPÍTULO 16

Eva temía que aquel mar interior la inundara. Sus criaturas, cada vez más inquietas, se daban golpes contra las paredes de su vientre o se arremolinaban bajo sus costillas. La luna redonda que tenía por dentro no cesaba de crecer. Moverse con el peso que cargaba era cada vez más incómodo. Se preguntaba si en algún momento se quedaría inmóvil, condenada a existir como una grotesca planta que se recordara mujer. No sabía qué era lo que se agitaba en su interior, ni si aquel estado era pasajero o definitivo. Su temor más grande era vomitar un día de tantos un monstruo marino, una nueva especie que se los comería a ella y a Adán para habitar él sólo aquella tierra donde para sobrevivir quizás se requería más ferocidad de la que ellos eran capaces.

—He visto otros animales hinchados como tú, Eva. No eres la única. Las cabras están así. Vi una loba también. Algo te saldrá de dentro.

—Conejitos —rió Eva—. Sólo los conejos hacen más conejos. ¿Nos multiplicaremos acaso, Adán? ¿Será nuestro reflejo lo que se teje dentro de mí? A veces pienso que estoy llena de agua y que todos los peces que he comido saldrán y nos comerán.

—Yo nunca fui pequeño, tú tampoco. Nuestro reflejo no cabría dentro de ti.

—Hay conejos pequeños. Crecen después. Lo que tengo dentro se mueve.

—Serán pétalos blancos o peces para alimentar al que aparezca cuando durmamos.

—Y tú, Adán, ¿no sientes nada?

—Me angustio, Eva. Me pregunto si algún día haremos otra cosa que no sea pensar en cómo no tener hambre y no morirnos de frío. No logro pensar en nada más.

En el mundo helado del invierno, Adán se veía forzado a pasearse entre las presas que dejaban otros animales, compitiendo con los buitres por los despojos. A veces le sorprendía encontrar entre los huesos porciones enteras. Imaginaba que los grandes carnívoros, los tigres, los osos, los leones, guardaban aún en el silencio de sus memorias el vínculo que él forjara con ellos en el Jardín y que aquélla era su manera de mostrarle que no todo estaba olvidado. Se alegraba con estos hallazgos, pero también lloraba. A la vez que salivaba pensando en comer, se lamentaba. Recordaba el tiempo cuando le habría sido imposible imaginar un mundo poblado por criaturas que se amenazaran entre sí y a quienes la necesidad de supervivencia las obligara a la desconfianza mutua. Lloraba mientras se hartaba sin pudor, desgarrando la carne, gimiendo del hambre de días, desgraciado, humillado y a la vez dichoso de poder volver a la cueva y alimentar a Eva, el gato y el perro.

Ella se conmovía al verlo regresar. El hambre al fin

la llevó a probar lo que fuera que él encontrara. No preguntaba. Ponía los trozos de carne al fuego y comía casi sin respirar. No pocas veces, mientras masticaba, maldijo a Elokim. Su cuerpo pesado le impedía acompañar a Adán y debía conformarse con salir por las mañanas a recolectar ramas caídas para alimentar el fuego y, durante el día, coser las pieles con las que se abrigaban.

La soledad, sin embargo, le hacía bien. No le importaba estar sola mientras confiara en que él regresaría y prefería no dudarlo. A pesar de las hienas, Adán estaba seguro. No tengas miedo, le decía, las hienas se marcharon. No tengo miedo, le decía él. Eres tú la que aún no se repone del susto. Eva reconocía que era su propio miedo el que hablaba. El encuentro con las hienas retenía en sus recuerdos el horror de comprobar el fin de la complicidad con los animales, la necesidad de reconocer lo que creían conocido. Sola en la cueva a veces la tristeza la agobiaba. Volvía a rememorar una y otra vez las experiencias vividas y los razonamientos que la llevaron a morder el higo. Las visiones, la certeza con la que creyó en la Historia que supuestamente ella inauguraría, la llenaban de congoja y de rabia contra sí misma. El paisaje a veces le recordaba la belleza del Jardín, pero no compensaba el dolor de la piel herida cuando sangraba; no era igual con hambre y sed y frío.

Fue la necesidad de sacarse la congoja lo que la llevó un día de tantos a inventar una forma para poder mirarla y ponerla fuera de ella. Desde entonces, hasta estar triste le pareció que tenía su razón de ser.

Se percató de que con los tizones calcinados y ennegrecidos de la hoguera podía trazar líneas negras sobre las paredes de la cueva. Empezó tanteando el efecto sobre una de las paredes más lisas. Las torpes rayas del principio fueron haciéndose más fluidas con el paso de los días. Mientras pintaba en la pared imágenes de su memoria, el brazo se le llenaba de un fluido cálido y ella se entusiasmaba. La mano perdía la timidez y volaba trazando figuras con el carbón. Conoció entonces una felicidad distinta e inexplicable que tuvo la cualidad de hacer que se sintiera menos sola. Cuanto estaba oculto dentro de ella salió a acompañarla. Luego retrató otras figuras. Así apareció el venado avistado entre los árboles y el bisonte magnífico inclinando la testuz. Con el polvillo rojo de las rocas hizo el Sol. Dibujó el contorno de las riberas del río, las piedras de sus márgenes, y fue como si el rumor del agua sonara en sus oídos.

También imaginó a Adán en sus exploraciones. Lo hizo surgir alto y monumental, más grande y fuerte que cualquier animal con el que pudiera toparse. Lo dibujó atravesando paisajes amables, durmiendo al abrigo de rocas, sin que nada lo amenazara, segura de que la realidad encontraría la manera de parecerse a sus dibujos.

—Y yo que pasé las noches temiendo que me devoraran hienas o coyotes —había dicho él, mofándose para disimular el pasmo que le produjo ver en la pared los perfiles de la realidad.

Adán no tardó, sin embargo, en percatarse del poder de las figuras. Imaginar los dibujos, saber que Eva estaría delineando su regreso, lo reconfortaba. En cada retorno, le narraba a Eva los detalles de sus incursiones para que ella, al dibujarlas, las viviera también. Le maravillaba verla mover la mano, sacar de entre sus dedos los trazos que, sin ser un venado o un tigre, parecían poseer la esencia del venado y del tigre. A la luz de la hoguera, Adán encontró el placer de narrarle sus correrías. A menudo cedía a la tentación de añadir a la realidad sus fantasías. Le daba gozo ver los ojos de ella pendientes de sus palabras. Era como llevarla con él y vivir todo aquello a su lado.

Hacia el final del invierno, flaco y débil, el hombre desistió de salir de la cueva. Días innumerables sólo comieron paja, hierbas e insectos. Dos parejas de murciélagos llegaron a vivir a la cueva. Los sentían volar. Los veían dormir colgados, cabeza abajo. Eva perdió el impulso de dibujar. Agotados en su intento de sobrevivir, se aprestaron a morir.

—No temamos más la muerte —dijo ella—. Quizás por eso sean felices los animales, Adán, porque no la temen.

—Quizás nunca fuimos eternos. Quizás sólo ignorábamos que moriríamos. Quizás eso era el Paraíso —dijo él.

Eva lloró. Lloraba ahora con mucha facilidad. Pensaba que llorar aligeraría el agua de su estómago. Adán la abrazó. Sus brazos no alcanzaban ya a rodearla toda y temía meterse dentro de ella y que lo atrapara la criatura que vivía en su vientre, pero la acomodó contra su pecho. Dormir era un alivio. Los días grises y deslucidos se confundían con las noches de luna llena. Cuanto más dormían, más querían dormir. Apenas despertaban para calmar la sed, orinar y aliviarse los intestinos. Aterido de frío, Adán se asomaba a la boca de la cueva y se preguntaba si las estrellas eran la arena luminosa de un mar

oscuro al otro lado del cielo donde se hundirían finalmente.

Del sueño donde estaban siempre muriendo, ro-
dando por precipicios o fracasando en su intento de retornar al Jardín, los sacó el ruido del aguacero entrando
por la apertura de la cueva.

Eva sintió la brisa cálida. Abrió los ojos. Miró a
Adán durmiendo desmadejado, con el brazo puesto sobre la cara. Se tocó la barriga para cerciorarse de que no
era su mar interior el que se desbordaba. Se sentó sobre
la piedra y vio el agua que chorreaba afuera en hilos
transparentes y brillantes. Zarandeó a Adán.
—Está lloviendo. Está lloviendo —exclamó en tono
celebratorio. Tuvo la certeza de que ya no morirían de
frío.

Habían sobrevivido a su primer invierno.

CAPÍTULO 17

Adán y ella se bañaron bajo la lluvia. Estaban flacos. Se vieron y se señalaron los huesos. Se pusieron a reír. El agua fría lavó sus legañas, el polvo, el olor rancio. Eva lo miró y supo que estaba pensando lo mismo que ella, recordando el momento en que supo que era y también cuando ella despertó a su lado y se reconocieron hombre y mujer. Nunca hablaban de eso, pero tenían una manera de mirarse en la que cada uno reconocía en el otro la presencia del recuerdo. Se secaron al sol. Recuperaron el porte erguido y la mirada feliz de su primera existencia. Adán se preguntó cuántos días habría llovido mientras ellos soñaban que morían, porque otra vez el mundo estaba verde y opulento. Apenas cesó el aguacero las nubes se fueron arrastradas por el viento y sobre ellos el cielo intensamente azul brilló con el esplendor de un día soleado.

Eva se apoyó en Adán para atravesar los charcos que el agua había dejado como ojos brillantes sobre la tierra. No sólo el paisaje se había recuperado del frío, las ramas de la higuera, yertas y ennegrecidas por el incendio, habían renacido frondosas sin rastro de aquel percance. El árbol rebosaba de higos gordos y jugosos. Los cortaron y se pusieron a comerlos. Tenían el sabor de su último día en el Jardín, pero también de su primera intimidad. Adán apartó el efímero rencor al recordar la delicada y perfecta mano de Eva tendiéndole el fruto prohibido. La nostalgia tenaz cedió ante el alivio de estar vivos y ver los colores del mundo recuperar su intensidad.

Él la ayudó a subir un trecho de montaña desde donde contemplaron la hierba creciendo de nuevo sobre la planicie y un gran número de animales pastando plácidamente. Eva señaló cabras, caballos, venados, antílopes, ovejas. Junto a ellos criaturas idénticas pero más pequeñas retozaban y pastaban.

—Pronto llegará tu tiempo —la Serpiente estaba enroscada en la rama de un arbusto espinoso.

—¡Tú! —exclamó Eva.

—Dormí todo el invierno. Un largo sueño. Mucho tiempo perdido.

—¿Volverá el frío?

—Puntual como el hambre, pero antes renacerán las plantas y hará mucho calor. El invierno llega después que caen las hojas.

—¿Qué tiempo dices que llegará para mí?

—¿No lo adivinas?

—¿Qué saldrá de mí?

—Gemelos, Eva. Varón y hembra. Hijo, hija. Así se llamarán las crías que provendrán de ti y tu descendencia.

—Hijos, hijas —repitió Eva.

—¿Cuándo vendrán? —preguntó Adán.

—Muy pronto.

—¿Cómo será?

—Con dolor

Eva miró a la Serpiente con despecho. ¿Más dolor? ¿Que acaso no había sido suficiente ver lo que habían sufrido por el hambre y el frío?

—Lo siento, Eva. Pensé que te lo debía advertir. Así lo dispuso Elokim. No sé por qué tiene una cierta afición al dolor. Quizás él querría sentirlo. Pensará que el del cuerpo es más fácil de tolerar.

—¿Tú imaginas que sufre?

—Pienso que no habría creado lo que no conoce.

—Quizás lo imaginó. Quizás por eso no mide el sufrimiento ajeno.

—No te alteres. No te hace bien. Me iré. No era mi intención estropearles su primavera.

Deslizando su cuerpo largo y dorado, se metió bajo unas piedras y desapareció.

Adán se sintió intruso en la aflicción de Eva. Le resultó difícil pensar en dolores bajo el cielo ancho y luminoso. Sería mejor no pensar en eso, le dijo a Eva. Si los animales tenían crías, no tendría por qué resultarle más difícil a ella.

—No soy un animal, Adán.

—Precisamente —apuntó él, conciliador—, lo harás mejor que ellos.

Eva prefirió no pensar en el dolor. Bajaron de la falda de la montaña y se encaminaron despacio al río. Caminaron por la ribera bajo el verde tierno de las hojas nuevas. Estornudaron el polen que flotaba invisible en el aire. En medio de la hierba, flores silvestres amarillas, púrpuras y naranjas asomaban sus cabezas. Olía a raíces, a tierra saciada, y el aire estaba lleno del parpadeo súbito de alas de mariposa y el sostenido canto de los insectos que saltaban de improviso entre la maleza. ¿Quién entendía a Elokim?, pensó Adán, aquella tierra a la que los desterró bien que tenía un Jardín bajo la piel. El verdor de pronto tan abundante le llenó los ojos de lágrimas.

Saciados de ver, oír y oler el despliegue de vida de la tierra que habían dado por muerta, emprendieron el regreso a la cueva. De unos matorrales se escapó un quejido agudo. Eva apartó las ramas. Sobre la hierba, tirada, con las patas dando coces al aire, una yegua se retorcía de dolor. Eva notó que su vientre estaba tan abultado como el de ella y que tenía el sexo inflamado.

—Tengo que ver lo que hace, Adán. Creo que a ella le ha llegado su tiempo.

Eva se acercó cautelosa. Se arrodilló a su lado. La yegua hizo amago de moverse, pero desistió resignada casi de inmediato. Eva movió sus manos delicadamente para no asustarla y las pasó apenas sobre la superficie de la amplia barriga. La piel extendida, tensa, misteriosamente rocosa y mineral, era igual a la de su vientre cuando se contraía. Con la mano derecha acarició el largo hocico. La yegua la miró con sus ojos enormes y asustados. Ella continuó pasándole la mano por la panza, el hocico, el pelo de las apretadas mejillas, repitió los sonidos que usaba para sosegar a Adán.

Él contempló el misterioso contorno lunar del cuerpo de la mujer y la curva elevación del vientre de la yegua. Animal y mujer se miraban a los ojos, el largo pelo oscuro de Eva enmarcaba su perfil inclinado.

¿Qué sabrán que yo no sé?, pensó Adán. Sintió la

misma reverencia que cuando vio por primera vez el Árbol de la Vida.

Ambos contuvieron el aliento cuando dos pequeñas extremidades aparecieron por el sexo de la parturienta que, tras un largo, dolido relincho expulsó al potrillo diminuto, perfecto, hecho a su imagen y semejanza. Envuelto en un tejido blanco, seboso y sanguinolento, el pequeño caballo quedó sobre la maleza. Ni él ni ella se atrevieron a tocarlo. Pasó una hora, la yegua rompió con sus dientes el envoltorio del potrillo. El animalito hizo el intento de alzarse sobre sus patas. Cayó y se levantó varias veces hasta lograrlo. Resoplando, la yegua, ya de pie, empezó a lamer concienzudamente a su cría.

Eva se tocó el borde redondo. El aire escapó de sus pulmones en un sonido de alivio y asombro. Así era, pensó. Adán tenía razón. Si lo hacían los animales, ella lo haría mejor.

CAPÍTULO 18

Eva apenas durmió esa noche imaginando los hijos diminutos que le anunciara la Serpiente. Rió callada para no despertar a Adán, pensando en cómo su imaginación primero, y luego la de él, había poblado su interior de peces, delfines y hasta monstruos marinos. Entrelazó los brazos alrededor de su vientre. Pensó en su sexo pequeño y húmedo como un molusco encarnado. Se estremeció. Quizás tendría que desgarrarse todo. Cerró apretadamente los ojos para calmar la súbita agitación de su miedo. La yegua se había alzado tras su faena. Ella también lo haría. Se negó a pensar en el dolor. Intentó imaginar a su hija y su hijo. ¿Serían como ella y como él? ¿O serían diferentes como diferentes eran ellos de Elokim? Pasó la mano por su barriga tensa y redonda. Aguardó. Sintió el movimiento acuático, el golpeteo leve. Allí estaban, igual que ella estuvo guardada en la costilla de Adán. Pero él ya no daría más a luz. ¿Por qué ella ahora? ¿Por qué ella la que poblaría la soledad que habitaban? Vivir ¿era un privilegio o un castigo? ¿Por qué la hacía Elokim cómplice de su creación?

¿Cómo serán criaturas pequeñas? —las interrogó—. ¿Cuándo las conoceré? ¿Cuándo se dejarán ver? ¿Qué pasaría exactamente? ¿Cómo se anunciarían? ¿Cómo sabría ella el día que sucedería? ¿Qué asomaría primero, los pies, las manos, la cabeza?

Al día siguiente acosó a Adán con sus preguntas. ¡Qué podía decirle!, contestó él. Apenas le cabía en la imaginación lo que sucedería. Pensar en que los hijos saldrían como el potrillo de la yegua le producía una contracción involuntaria en el bajo vientre. Prefería pensar que las criaturas aparecerían una mañana junto a ellos, igual que ella apareció junto a él. Eva estaba convencida de que no sucedería así.

—Me dolerá. Lo dijo la Serpiente. Quizás se abra la piel. Quizás el estómago se quiebre como un huevo. O quizás me salgan de la panza como flores —se divirtió mirando el azoro de Adán.

Torpe y pesada, salía por las tardes. En las ramas de la higuera encontró el nido de una pareja de tordos y los vio aparecer con insectos y gusanos en el pico para alimentar a los polluelos apenas emplumados. Apostada tras un árbol a la orilla del río vio corderos, bisontes, cabras y fieras llevar sus cachorros a conocer el agua. Creía ver crecer las manadas, los insectos; escuchaba el bullicio de la vida multiplicándose frenética. Se encerró poco a poco en sí misma. Guardaba silencio pensando que escucharía la voz de los seres que la ocupaban anunciándole que su tiempo había llegado.

Él cosió varias pieles de conejo y cada noche las ponía junto a Eva en caso de que las criaturas aparecieran a su lado.

No pasó mucho tiempo. Era de madrugada. Eva se levantó a orinar y al hacerlo una corriente de agua se derramó por sus piernas. Se desconcertó. ¿Se habría equivocado y era un mar, después de todo, lo que la habitaba? Temió encontrarse rodeada de peces pero en la penumbra que irradiaba la luz de la hoguera no vio ningún pez, ni criatura marina.

Regresó al lado de Adán. No lo despertó sino poco después.

—Me duele, Adán. Como cuando sangraba.

Él se despabiló. El vapor luminoso del amanecer se recortaba contra la entrada de la cueva. Eva se paseaba de un lado al otro sosteniéndose el bajo vientre con las dos manos.

—¿Qué hacemos ahora? —preguntó Adán.

—Yo soy la cueva. De allí saldrán. Tú tienes que estar al otro lado para que no se golpeen contra las piedras del suelo.

—¿Crees que les gustará vivir fuera del Jardín?

—Supongo que sin conocer el Jardín, no lo echarán de menos —dijo ella, sin parar de caminar.

—¿No crees que recordarán todo lo que nosotros recordamos? Son nuestro reflejo.

—Nosotros no recordamos las memorias de Elokim.

—No.

—A menos que su memoria haya sido la voz que escuchábamos. A veces pienso que ese impulso que tenemos de hacer cosas con las manos nos viene de él.

Eva jadeó de pronto. Se detuvo. Se dobló.

—Adán, Adán, ¡me están mordiendo!

De un momento a otro el dolor la llenó toda. Adán la ayudó a recostarse sobre la piedra donde dormían, pero Eva no quería estar acostada. Se deslizó hasta apoyar la espalda contra unas rocas. El dolor había cedido.

—Pensé que me estaban comiendo —sonrió Eva, bañada en sudor.

Pensó lo mismo al poco rato y un rato después. El dolor iba y venía. Algo de mar tiene, le dijo a Adán. Se mueve como las olas. Cada ola me arranca algo; quizás los hijos estén pegados a mi carne y Elokim los está arrancando con una piedra afilada para sacarlos.

El dolor aumentó. Se acabaron las explicaciones con que intentaba entender lo que le sucedía a su cuerpo. En lugar de razonamientos, empezó a resistir ferozmente, apretando los dientes, contrayéndose toda, abrazando protectora su vientre, llorando y gritando a todo pulmón. Detrás de ella, dándole palmaditas en la cabeza, acariciándole el pelo, Adán lloraba y gritaba también. Los murciélagos, que eran ya muchos, despertaron de su sueño diurno y volaron hacia lo más alto de la cueva. Los alaridos, el llanto del hombre y la mujer subían y subían de tono a medida que el dolor acrecentaba la presión, el puño apretado que Eva temía terminaría por aplastarla. Los gritos de ella eran haces de sonidos anchos y abiertos, que la cueva repetía y difundía al mundo a través del orificio que servía de tragaluz. Los de él eran alaridos de impotencia, de rabia, roncos, desconcertados. En todo el cuerpo le dolía el dolor de la mujer. Lloraba inconsolable viéndola sufrir.

El viento se llevó los gritos de Adán y Eva hasta la gran planicie donde pastaban los animales, los dispersó por las montañas, los dejó caer sobre el río.

Las bestias doradas y felinas, los caballos, los zorros,

los conejos, el oso, el lagarto, la perdiz, las vacas, las cabras, los búfalos de la pradera, los monos; animales de todas las especies y tamaños empezaron a seguir el lamento como si fuera un llamado. Nubes de polvo se alzaron bajo los cascos de los caballos y las pezuñas veloces de los felinos, los osos y los bisontes, como si aquel sonido sin palabras hubiese logrado atravesar el olvido que los poseyera al salir del Jardín.

Los halcones, las águilas, tordos, mirlos, pájaros carpinteros y azules fueron los primeros en entrar y posarse en los salientes rocosos de las paredes de la cueva, cubiertas por los dibujos de Eva. Poco a poco, a través de aquel día cruzado de lamentos, fueron entrando en silencio los grandes cuadrúpedos, las fieras, los coyotes, los lobos. Adán tuvo un momento de pánico al ver tigres, jabalíes y leopardos cruzar el umbral de la cueva. Sus gritos se tornaron en gemidos de sorpresa y en llanto de consuelo y pasmo cuando enfilados uno detrás del otro entraron los caballos, las cabras, los venados, las mulas; cazadores y presas súbitamente desprovistos del hambre y el instinto que los enemistaba. Recostada en la piedra, sumida en su dolor, con la cabeza metida entre sus rodillas, balanceándose de atrás hacia delante, Eva los sintió antes de verlos; se sintió rodeada de un aliento cálido, circular, un aire espeso y suave que ablandó el espacio que la circundaba y la sostuvo. Alzó el rostro y vio a los animales apretados en círculo alrededor de ella en un aire de reconciliación y reconocimiento, como si la naturaleza de golpe hubiese retornado a la época sin sospechas ni muerte cuando juntos compartían el frescor y los pétalos blancos del Paraíso. Un caballo tocaba con su hocico el hombro de Adán y un ocelote le lamió a ella la cara. Desde que Elokim los echara del Jardín

Eva no había vuelto a sentirse tan rotundamente acompañada. Los cuerpos recios de los animales, sus expresiones mansas, le hicieron recordar con nostalgia su propia inocencia. Sollozó con una tristeza extrañamente feliz. Se percató de cuánto había extrañado la mansedumbre y sencillez de las bestias. Sintió un agradecimiento y una ternura tan profundos al pensar que su dolor así los había conmovido que creyó que se vaciaría toda. En ese vaciarse, aflojó los músculos con los que, desafiante, atrapaba a las criaturas en su vientre, negándose a compartir la creación de Elokim. Acompañada por los animales, mirando el rostro conmovido y dulce de Adán al otro lado de sus piernas, hizo el supremo esfuerzo, gritó a todo pulmón y fue así que la primera mujer echó a sus hijos a vivir sobre la Tierra.

CAPÍTULO 19

Una luna amarilla y enorme flotaba noche arriba. Adán cortó los cordones de la hija y el hijo. El águila y el halcón se llevaron una de las placentas; la otra la comieron el tigrillo y la cabra. El olor de la sangre rompió la quietud. Se escucharon rugidos bajos, los animales más vulnerables se escurrieron a toda prisa. Los más fieros salieron taimados con la expresión azorada de quien despierta de un sueño sin saber dónde está. Sólo quedaron en la cueva el perro, el gato y los murciélagos colgados cabeza abajo.

Adán y Eva lloraron viendo partir a los animales. Seguían llorando sin control de sus lágrimas, que sin ruido eran un flujo incesante igual que el desborde de sensaciones acumuladas. Aquel raro e inefable acontecimiento no se borraría jamás de sus recuerdos.

Al fin retornó la realidad en que Adán contempló a Eva entrar y salir del reposo del sueño. Ella no se animaba a entregarse totalmente al descanso. La retenía el deseo de mirar detenidamente los cuerpecitos desnudos y diminutos que Adán puso a su lado. Él también los miraba pero aún no lograba concentrarse. Pensaba en los animales. Mis animales, se repetía. Volvieron mis animales. ¡Qué solo me he quedado sin ellos! Son míos, pero vinieron por ella, por ese dolor del que fui excluido.

Los seres diminutos movían sus manos, sus pies. De vez en cuando se asustaban como si tuvieran pesadillas. Abrían apenas los ojos y los volvían a cerrar. Adán se acostó al lado de la piel donde yacían los pequeños. Eva al fin se quedó dormida. Enredó los dedos de sus pies con los de ella y durmió también.

Eva despertó muchas veces durante la noche. Ya no lloraba. Le dolía el cuerpo pero el dolor era tolerable y manso. Cómo he gritado, pensó. Todo lo que no sabía cómo decir lo lancé al aire. Se arrepintió de que se le hubiese ocurrido cerrar la salida de los gemelos, furiosa ante el dolor que Elokim dispusiera para ella. La entrada de los animales fue lo que disolvió su rencor como si le lavaran el corazón.

En la madrugada, Adán abrió los ojos. Ella le sonrió. El hombre y la mujer miraron al hijo y la hija.

—Son diferentes a nosotros —dijo Adán—. No creo que puedan caminar.

—En unos días tal vez —dijo Eva—. El potrillo anduvo.

—¿Y qué comerán?

Eva miró las caras de los pequeños. Se acercó. Miró dentro de sus bocas.

—¡No tienen dientes, Adán!

—El potrillo y el ternero comen de las tetas de sus

madres. ¿No me decías que te salía algo dulce de los pezones?

Eva se tocó los pechos. Le dolían. Los tenía grandes e hinchados. Se recostó y cerró los ojos. ¿Qué esperaba Adán, que su cuerpo no sólo hiciera los hijos, sino que los alimentara? Estaba tan cansada. Su tiempo ya había llegado y pasado. Quería dormir muchos días ahora, recuperar fuerzas, sentir que su cuerpo volvía a pertenecerle. Los pequeños empezaron a llorar. El llanto se le metía a Eva por la piel como si saliera de ella misma. Permaneció inmóvil, con los ojos cerrados. Era triste el sonido, desvalido.

—Tienen hambre, Eva —dijo Adán—. Dales de comer lo que te sale del pecho.

—¿Por qué no pruebas tú, Adán? Tú también tienes tetillas.

Adán la miró sin saber qué pensar. Tomó uno de los gemelos. Eva vio al pequeño buscar el pecho del padre. Se levantó. Le dolía caminar pero salió de la cueva para no oír el llanto. Adán la llamó. Eva, Eva, ¿dónde vas?, pero ella no respondió, ni se volvió. Quería dormir, descansar. Se dejó caer bajo la sombra de la higuera. Apoyó la espalda contra el tronco del árbol. Oía apenas el llanto de los gemelos. Cerró los ojos. Rumbo al centro del cielo, el sol alumbraba la primavera azul. Su conciencia se hizo un ovillo negro y rodó hacia la quietud del sueño.

—No es hora de dormir, Eva, despierta.

Sintió el cuerpo frío de la Serpiente rozar su brazo. Cuando logró emerger de la pesadez donde se refugiaba, se despabiló rápidamente. Vio la cola del animal enroscado en una rama baja y la cabeza flotando en el aire muy cerca de ella.

—Tenías que despertarme.

—No podía perderme este acontecimiento. Mira que le has hecho un hombre y una mujer a Elokim.

—Me dolió mucho.

—¿Has notado que los animales caminan sobre cuatro patas?

—Tú te arrastras.

—Olvídame por el momento. Tú no tienes el cuerpo espacioso de una yegua o una vaca. Caminas erguida. Por eso las crías de tu especie nacerán pequeñas y desvalidas. Tendrás que darles de comer, cuidarlas hasta que crezcan.

—Tú también me dirás que tendré que darles lo que me sale de los pechos.

—Cuando los sacó del Jardín, Elokim trastornó la dirección del tiempo. En el Jardín eras eterna. Jamás habrías tenido hijos. No era necesario que te reprodujeras puesto que nunca morirías. Ahora la realidad debe ser recreada. La creación debe volver al punto donde pueda empezar de nuevo.

—No te entiendo.

—Tus hijos, Eva, tus hijos retornarán el tiempo a su inicio. Debes alimentarlos.

—Mis hijos tendrán hambre y sed, ¿acaso también conocimiento? ¿Soñarán? ¿Imaginarán?

—Son tu reflejo.

—¿Por qué crees que me consumía el deseo de saber si es verdad lo que dices, si antes era eterna y perfecta? No tiene sentido.

—Eres muy perceptiva —dijo irónica la Serpiente—. La eternidad no necesita del conocimiento. Para la vida y la supervivencia, sin embargo, el conocimiento es indispensable. Uno se pregunta y debe responderse. Sin incertidumbre, sin espanto, el conocimiento es irrelevante. ¿Qué es necesario saber si se es feliz, si no se carece de nada? La plenitud es inmóvil. Pero tú quizás sentirías nostalgia.

—¿Nostalgia? Yo no conocía otra vida más que ésa. Fuiste tú quien me dijo que había otra manera de vivir.

—Se puede tener nostalgia de lo que nunca se ha vivido. Quizás Elokim te infundió la nostalgia para que comieras la fruta.

—No sé ya lo que pienso. No entiendo para qué lo hizo.

—Te dije que se aburre. Por lo mismo imagínate qué entretenido puede ser crear una criatura a tu imagen y semejanza, despojarla de todo excepto el conocimiento, darle un mundo y esperar a ver si es capaz de volver al perfecto punto de partida.

—¿Y tú fuiste su cómplice?

—Yo ignoraba cosas que ahora sé. Me las ha explicado para mortificarme. A mí también me ha castigado. Me ha hecho retroceder aún más que a ustedes. Mira cómo me arrastro. A ti te culparán las generaciones por venir, pero, a medida que tu descendencia adquiera más conocimiento, recuperarás tu prestigio. En cambio nadie abogará por una triste serpiente. Me convertirán en la encarnación del Mal.

—Lo siento —dijo Eva.

—Pensaba que Elokim no tardaría en sacarme de este ridículo disfraz, pero la rabia le dura todavía.

—Puede que sufra más de lo que imaginamos.

—Sabe demasiado. El saber y el sufrir son inseparables. Debo marcharme —dijo, deslizándose sobre el tronco del árbol—. Tú ve y atiende a tus crías. Cede a tu instinto animal. Nadie mejor dotada que tú para hacerlo —bisbiseó irónica, alejándose entre la maleza.

De regreso a la cueva, los gemelos gritaban tan fuerte que Eva pensó que los encontraría ya crecidos. Apuró el paso. Cuando llegó, Adán levantaba a uno de ellos, desmadejado, la cabeza colgando.

—Déjame que pruebe yo —dijo Eva.

Lo acomodó en la esquina de su brazo. Era la niña. Con los ojos cerrados, la cara enrojecida, berreaba a todo pulmón. Apenas el calor del cuerpecito anidó contra su costado, los pechos de Eva se soltaron, fluyó la leche como agua de un manantial. Pasmada, ella tomó la cabeza de la pequeña y acercó la boca diminuta a su pezón.

—Pásame al otro, Adán, con cuidado, ponle la mano bajo la cabeza.

Eva se sentó en la roca. La niña succionaba fuerte. Le hacía cosquillas. Adán le acomodó al varón en el otro brazo. Se puso en cuclillas detrás de Eva para que ella se apoyara sobre sus piernas. Por fin se hizo el silencio. Adán dio un suspiro de alivio.

—Encontré la Serpiente afuera. Dice que nuestros hijos serán desvalidos. Tendremos que cuidarlos hasta que crezcan —susurró ella.

—¿Mucho tiempo?

—No me dijo.

—Es extraño —dijo Adán—. Haces lo que los animales, pero no te pareces a ellos.

—Sí que me parezco, pero no importa. Es lo que somos ahora. ¿Viste cómo empecé a dar leche cuando sentí su hambre? Como si mi cuerpo les obedeciera. Y son tan pequeños. Míralos. De nada sirve mi arrogancia.

—¿Eso te dijo la Serpiente?

—Algo así. Ella tampoco comprende a cabalidad cuanto ha sucedido. Le gusta pretender que sabe, pero es difícil descifrar lo que dice.

La niña tenía los ojos abiertos. Eran grises. Estaba cubierta de sebo blancuzco, las facciones asombrosamente finas y perfectas. La piel y el pelo del niño eran más oscuros. Los ojos, grises también. ¿Cómo habrían logrado sobrevivir tantos meses sin branquias, ni escamas, flotando en el agua densa de sus entrañas como peces? Qué misterio, pensó.

Después que los gemelos se saciaron, Eva mandó a Adán que los lavara. Él lo hizo con cuidado, para no asustarlos. La hembra tenía el cabello más claro, el niño los ojos fijos en él. Lavó las diminutas manos y pies, las ínfimas nalgas. Les limpió las caras, examinó sus minúsculas orejas, las ventanas de la nariz. Puso un dedo dentro de sus bocas, sintió sus lenguas.

Eva lo miraba curiosa y divertida. Tuvo la sensación de estar llena de leche; llenos sus pechos, lleno su corazón.

—Habrá que nombrarlos —dijo.

¿Cómo habrían sido ella y él si hubiesen nacido así de pequeños?, se preguntó. A ellos nadie los había lavado, ni contemplado con aquella húmeda levedad.

CAPÍTULO 20

Al otro día, la llovizna, Adán salió de la cueva acompañado por Caín, su perro. No cesaba de ponderar el misterio de aquellas criaturas salidas del túnel oscuro dentro del cual más de una vez él pensó que desaparecería. Eva temblaba al alcanzar la risa más profunda. Para él, atrapar ese temblor de ella era respirar otra vez el aire del Paraíso. Se preguntó si ahora, por el contrario, recordaría el dolor que viera en su rostro, en su cuerpo sacudido y estrujado para sacar de adentro el fruto de una semilla que él mismo quizás había ayudado a crecer regándola con el líquido que salía de su pene. Pero ningún árbol lloraba al nacer. Las plantas surgían sin hacer ruido. En cambio la vida brotaba de ella como si se tratara de un cataclismo. Él no sangraba, a él no le había cambiado el cuerpo y nada le había dolido físicamente en aquel nacimiento. ¿Por qué a él no, y a ella sí? ¿Qué significaba?

Caminó hacia el río con la intención de tirar la red y recoger unos peces.

La tierra mojada se sacudía el lomo dispersando el agua en delgadas serpentinas que formaban menudos deltas en el lodo rojizo. Caín y Adán avanzaban seguros, saltando entre los charcos, respirando los olores intensos. Caín se detuvo de pronto. Alzó las orejas, gruñó. Entre la maleza, Adán divisó un oso pequeño, un cachorro que los miraba curioso. Amonestó a Caín. Después de ver a los animales rodear a Eva, imaginó que su trato con éstos volvería a los días del Jardín. Le preocupaban los pequeños animales que tendría que seguir cazando, pero estaba convencido de que eran tantos porque estaban destinados a servirles de alimento. Se acercó al cachorro; paternal, amistoso, tranquilizándolo. El osezno no se movió. Adán iba a extender la mano para acariciarle la cabeza, cuando escuchó el ruido de un animal grande que se aproximaba en un estruendo de ramas y hojas. La osa madre corría hacia él. Desconcertado ante el súbito retorno de la desconfianza y la agresividad, Adán saltó al árbol más cercano y empezó a trepar, atemorizado. Gruñendo, enfurecida, la osa lo siguió. Adán sintió sus garras arañarle las plantas de los pies. Le dolió la piel y el corazón. Saltando a protegerlo, Caín atacó a la osa por un costado. Era fuerte el perro, hocico corto, cabeza sólida y redondeada. Sorprendida, molesta por la interrupción, la osa lo lanzó de un manotazo entre unos arbustos. Caín volvió al ataque. La osa se detuvo. Desde el árbol Adán gritó. Cuidado, Caín, déjala, Caín. El perro lanzaba dentelladas contra las piernas y las garras de la osa, incapaz ya de contener su instinto y retirarse. El gran animal, enfurecido, se dejó caer de pronto sobre el perro. Lo último que Adán vio fue el cuello de Caín entre las fauces de la osa, mientras ésta lo sacudía de un lado al otro. Los gruñidos del perro se convirtieron en gemidos agudos de dolor, un gemido largo, triste, despavorido fue lo último que se escuchó antes de que la osa dejara caer el cuerpo sin vida del perro a sus pies y alzara sus ojos hacia la rama donde se agazapaba Adán.

El hombre no supo cómo mató a la osa. Recordaba el olor del animal, sus garras con la sangre fresca de Caín, la fuerza descomunal, pero también recordaba el infinito poder de su rabia, la piedra con que le destrozó la cara, los ojos y el hocico.

Sangraba. Estaba rasguñado, mordido, pero vivo. Nada irreparable. En cambio Caín yacía en el suelo, con los ojos abiertos despojados de su mirada leal y alerta. Adán volvió en sí mismo. No sabía en qué bestia se había convertido. Una bestia capaz de matar una osa a mano limpia. Su cuerpo se sacudía como si lo azotara el viento. Se arrodilló. Tocó la frente, las orejas del perro. Estaba frío, desmadejado, la cabeza floja sobre el tronco. Lo recogió y lo abrazó. Había visto otros despojos de animales, los que dejaban los tigres, los leones. No pensaba más que en comer cuando los veía. No pensaba en cómo habrían muerto, ni cómo habrían sido sus vidas. Allí, con su perro muerto, pensó todo eso. La muerte era igual, pero su perro era diferente. Lo conocía. Adivinaba lo que él pensaba. Lo protegía. Lamía sus manos, se acurrucaba y lo calentaba en la noche. Era distinto. Se sentó en el suelo al lado del perro. Lo recordó jugando. Lloró. Se tapó la cara con las manos y no se contuvo.

Enterró a Caín. Le quitó la piel a la osa. Fue hasta el río y se lavó la sangre. Regresó a la cueva.

—Sé cómo llamaremos al niño —le dijo a Eva—. Lo llamaremos Caín.

A ella no le gustó lo que vio en el rostro del hombre. También quería al perro. Lloró por él. Lo echaría de menos, pero no le gustó el sonido del nombre de Caín cuando Adán lo dijo para nombrar al hijo.

—Creo que deberíamos darle otro nombre al niño.

—No. Es un buen nombre.

—Pero ese nombre te traerá siempre dolor.

—Se me pasará.

—Mataste a la osa —dijo Eva—. Trajiste su piel. Me asusta. Un animal tan grande. No pensé que fuera posible.

—Yo tampoco. Y no logro explicarme cómo lo hice. Pude haber hecho cualquier cosa.

—Te dio rabia y la castigaste.

—Sí.

—Elokim también nos condenó a morir.

La muerte. Su perro sin vida. El hocico seco. Los ojos opacos. La cabeza floja. A la hora de enterrarlo estaba frío, rígido. En un instante todo cuanto lo hacía ser Caín, desaparecido. Lo que quedaba del perro existía ahora sólo dentro de él, dentro de ella y en los dibujos en las paredes de la cueva. Eran polvo y en polvo se convertirían. ¿Sabrían otros algún día en qué parte de la Tierra quedarían Eva, él, los niños que recién habían nacido? ¿Quién los recordaría? ¿Cómo los recordarían? Recordó su sueño de los árboles con cabezas humanas que caían tronchados. De nada serviría que llegaran más y más hombres y mujeres a la vida. Todos morirían. Uno tras otro. El hocico seco y los ojos opacos. Fríos. Rígidos. Como Caín. Y sin embargo sentirían el hambre, la angustia por sobrevivir todos los días. Él se asombraba de ver la avidez de los niños por el pecho de Eva. Tanto deseo de vivir en cada animal, cada planta, como si la muerte no importara, como si no fuera cierta.

Su rabia se transformó en una fiebre que se alojó en su ingle. El cuerpo de Eva irradiaba la claridad de la leche que manaba de sus pechos. En la oscuridad de la cueva, dormida con sus hijos sobre la negra pelambre de la osa, su piel refulgía bañada por los destellos dorados y naranjas del fuego, revelando una redondez nueva y acogedora. Ella le detuvo los ímpetus hasta que cedió el temor de que le dolieran las entrañas. Después celebró con él la novedad de su cintura recuperada al mar. En las noches, cuerpo a cuerpo con ella, Adán a menudo recordaba la dureza con que había destrozado a la osa y le afligían sus manos sobre los huesos delicados de la mujer. A ella la maternidad le afirmó no sólo los contornos, sino la conciencia de un poder más allá de la fuerza. Se daba cuenta de que él lo percibía, que por eso no se cansaba de interrogarle las entrañas, de anidar en su oscuro y húmedo refugio.

Así fue que poco tiempo transcurrió entre el nacimiento de los gemelos y la premonición de Eva de que de nuevo albergaba otras criaturas. Las olas de otro mar se batían dentro de ella. Recordó a la Serpiente anunciándole que repetiría la experiencia. Aunque no era su voluntad, pensó que el cuerpo tendría sus razones. A diferencia de la primera vez, no tuvo miedo. El dolor se olvidaba pronto. Lo borraba el asombro de ver otros seres desvalidos empezar a ser ellos mismos, el enigma de que fueran impredecibles, y sin embargo tan extrañamente parte suya. El llanto de ellos, su hambre, su frío le pertenecían. Y sin embargo, nada había perdido de sí misma. Echada con los niños que se alimentaban de ella, a menudo encontraba sosiego. El cielo, el río, la naturaleza haciéndose y deshaciéndose frente a sus ojos, la noche y sus innumerables luces, el mar misteriosamente encerrado, el sol, la luna, los árboles, los animales, contenían una felicidad que por tenue y amenazada prescindía de la abundancia. Ver a sus críos reaccionar a sus consuelos y caricias y reconocerla, ver el jolgorio de sus ojos y sus pequeñas manos cuando se aproximaba hacía que le fuera cada vez más difícil continuar pensándose víctima de un arbitrario y desproporcionado castigo.

II

CRECED Y MULTIPLICAOS

CAPÍTULO 21

Adán miró las muescas en los árboles. Eran muchas ya. Casi todos los árboles en el trayecto de la cueva al río tenían las cortezas rayadas. No sabía contar, pero le bastaba ver tanto árbol herido para saber que esa tierra que habitaban consumía su vida marca a marca. Por si fuera poco, la huella del tiempo se grababa en los cuerpos de sus hijos. Así contaba Eva los días: viéndolos crecer.

Y ya estaban crecidos, aunque aún les faltaba madurar. Abel y Aklia eran más nuevos que Caín y Luluwa pero la diferencia era imperceptible. El tiempo que les tomó a los cuatro caminar, hablar y valerse por sí mismos pareció interminable mientras duraba, pero ahora Adán lo echaba de menos. No había sido nada fácil enseñarles el tejemaneje de la vida. Ninguno logró caminar sin antes arrastrarse a gatas. Intentando ponerse de pie, caían y se golpeaban. No parecían siquiera pensar en lo que podía sucederles en sitios pedregosos, o cerca de las rocas. Eva y él habían tenido que guiarlos de la mano. Recordaba cuánto les dolía la espalda todo el día, encorvados sosteniéndolos en sus primeros pasos. No les podían quitar los ojos de encima. Lo que les faltaba en destreza les sobraba en curiosidad. Eran como su madre. Querían tocarlo todo, pero ignoraban que el fuego quemaba y que era fácil hacerse daño. Eva decía que era así porque carecían del conocimiento del Bien y del Mal. Les dio a comer higos, pero éstos no tuvieron mayor efecto. Adán no lograba comprender que fueran tan ignorantes. Solía pensar que así como Eva y él compartían rasgos con los animales, quizás los hijos de ellos se asemejarían aún más a éstos. El gato, sin embargo, nunca ensuciaba la cueva con sus deshechos, pero los críos orinaban o defecaban donde sentían la necesidad. Sólo tras una lucha tenaz lograron entender que debían salir fuera y cubrir los excrementos con tierra. Apenas empezaban a despabilarse, cuando comenzaron a hablar. Al principio era laborioso entenderles. Aklia y Luluwa lograron, antes que sus hermanos, decir lo que querían. Fue un tiempo de risas para Eva y para él. Se desternillaban oyéndolas decir agua, gato, teta. Pero después, cuando los cuatro se llenaron de palabras, se dieron cuenta de cuán distintos eran el uno del otro. Pensaron que podrían enseñarles cómo vivir, pero no domesticarlos.

El temor de Eva al invierno y a que su leche dejara de ser suficiente para alimentarlos fue el acicate que convirtió su intuición por la tierra y sus frutos en un certero conocimiento de las plantas. Alrededor de la cueva crecían ahora almendros, perales, viñedos, trigo, cebada y raíces comestibles. Caín y Luluwa habían heredado la habilidad de la madre para adivinar legumbres y hierbas. Eran ellos quienes atendían el huerto, mientras Abel, que desde pequeño demostraba conocimiento de los animales, había domesticado cabras de las que sacaban leche y ovejas cuyo pelo Aklia tejía de manera que tenían con qué abrigarse sin necesidad de matar para proveerse de cobijo.

Eva no sentía nostalgia por la infancia de los gemelos. No lamentaba como Adán la celeridad con que habían crecido. Él decía que aún le parecía verlos cuando recién se atrevían a quedarse de pie por sí solos y se tambaleaban y caían a plomo, mirándolos entre divertidos y azorados. Eva atesoraba con ternura esas imágenes, pero los prefería ahora que se valían por sí mismos. No olvidaba el cansancio tenaz cuando los hijos no les daban respiro, siempre colgados de ellos, como si sus cuerpos les pertenecieran. Mientras aprendían a cultivar la tierra y a proveerse de abrigo y alimento —de manera que Adán no tuviera que marcharse y dejarla a ella sola con la imposible tarea de atender a cuatro seres diminutos e indefensos— llevaron una existencia de manada yendo de un lado al otro con los niños a horcajadas en la cintura. Los primeros inviernos hubo que refugiarse en la cueva, trasladarse por días y por noches a un mundo de balbuceos donde las palabras no resolvían nada y donde el instinto fue su única guía cierta. Adán sufrió más que ella el cambio de su rutina, pero desistió de largas exploraciones y cacerías porque la angustia de que les sucediera algún percance lo hacía correr de regreso. Llegó a la conclusión de que mejor pasaban hambre juntos antes que arriesgarse a que los separaran los peligros del mundo. Para ella fue duro adaptarse a ver su cuerpo convertido en alimento de los cuatro pares de ojos que le requerían que se tendiera para pegársele al pecho. Avergonzada de sus propios sentimientos, nunca le confesó a Adán que, a menudo, habría querido salir corriendo. Desde que atendió los nacimientos y comprobó que ella era capaz no sólo de forjar las criaturas, sino de alimentarlas, él la consideraba un portento. Tanto poder le había conferido Elokim, afirmaba, que haciéndola sufrir sangre y dolores esperaba evitar que lo desafiara. Eva no lo contradecía. Admiraba la tenacidad dulce de Adán, la dedicación con que se aplicaba a los oficios que constantemente creaba para sí, la satisfacción que le producía dominar y entender lo que lo rodeaba. Era voluntarioso, sin embargo, y persistía en hacer lo suyo sin percatarse del efecto que esto podría tener con el correr del tiempo. Le costaba tener paciencia, observar el discurrir natural de las cosas y dejar que se encauzaran según su inclinación o sabiduría. Tenía prisa siempre. Por eso, aunque entendiera el ciclo de los frutos de la tierra, prefería la caza, lo inmediato, lo que le traía la más rápida recompensa a sus esfuerzos.

Eva, en cambio, percibía cuanto pasaba a su alrededor como si su mirada tuviese la facultad de ver a través de más ojos que los suyos. No le significaba ningún esfuerzo escuchar dentro de sí lo que los demás estarían pensando. En el tiempo que le tomó a los gemelos madurar hasta la pubertad, le pareció que su piel se había llenado de oídos y su vista de tacto para palpar la angostura o intensidad de los sentimientos de sus hijos. Les leía los ánimos y las señales con una habilidad que a menudo la sorprendía. Salirse de sí misma, multiplicarse, le abrió misteriosamente los lenguajes secretos de la vida. Intuía hasta el humor de las plantas, los árboles y el cielo. Aun así, no atinaba a figurarse si sus hijos poseían como ellos el conocimiento del Bien y del Mal, si perderían la inocencia sin comer ningún fruto prohibido, o si, inocentes como eran, aprenderían a existir en un mundo como aquél, de preguntas que nadie respondía, y donde para comer y sobrevivir era necesario matar.

En la vida en que se habían acomodado, Abel y Adán eran inseparables. Lo mismo Caín y Luluwa. Con la menuda Aklia era con quien Eva pasaba más tiempo. Cuando nació, Adán lloró al verla. El parto había sido rápido y sin acontecimientos ni portentos. Ella y Adán solos y confiados de lo que sabían. A Eva le pareció menos doloroso. Quizás porque conocía lo que le esperaba y se preparó para sufrir. Abel fue el primero en asomar. Más oscuro que Caín, más grande. El llanto fuerte, los ojos abiertos. Tras una larga pausa otra vez llegó el dolor. Eva expulsó a Aklia, una criatura diminuta, los ojos apretadamente cerrados, la cara cubierta de vello oscuro, la frente abombada, los labios demasiado grandes. Adán cortó ambos cordones. Envolvieron las criaturas en suaves colas de zorro. Adán se paseó con Aklia por la cueva. La llevó junto al fuego. La miró y dijo que parecía una mona, no un ser humano. Aklia botó el vello de la cara al poco tiempo de nacer, pero conservaba el rostro pequeño, las facciones que se agrupaban en el centro de su cara bajo las cejas tupidas, la boca ancha y prominente, el cabello ralo, lacio, negro como madera mojada. Sus ojos eran hermosos, sin embargo, pequeños pero luminosos. Aklia tenía además los pies y las manos más perfectas de todos sus hijos. Era lista y hábil. Intuía los usos de las cosas. Hacía agujas de huesos, cosía las pieles, tejía la lana de las ovejas. Su agilidad y tamaño eran una ventaja. Nadie como ella para subir a los árboles, bajar dátiles de la copa de las palmeras. Eva la protegía y mimaba para compensar de alguna manera la desigualdad de los dones con los que había nacido. Aunque sus hermanos fueran más grandes y hermosos, Aklia le parecía a ella más fuerte, más cercana a la esencia de cuanto les rodeaba.

Hacía tiempo que ella y Adán se habían preguntado qué razones tendría Elokim para hacerles nacer dos parejas de gemelos.

Creced y multiplicaos, había dicho, y nadie habitaba aquel mundo sino ellos.

Caín sería pareja de Aklia y Abel de Luluwa, afirmaba Adán. Así se mezclarían las sangres de los dos partos. No era bueno que la sangre de un mismo vientre se mezclara. Se lo había dicho Elokim en un sueño, donde él se había visto de vuelta en el Jardín. Un sueño confuso, decía. El Jardín lucía viejo y arruinado. Apenas podía caminar debido al lodo en la tierra y la cantidad de troncos de árboles caídos sobre el suelo. Un vapor blanquecino y húmedo flotaba entre las ramas de árboles descomunales de los que colgaban helechos pálidos como cabelleras en desorden. Enredaderas de hojas dentadas y enormes asfixiaban a los grandes cedros y la luz apenas se filtraba por las ranuras del cielo abiertas en medio de aquel desorden vegetal, pantanoso, en que las especies se estrujaban unas a otras enfrascadas, al parecer, en una lucha mortal. En medio de su caminata sin rumbo, Adán vio a Aklia cruzándose de una rama a otra, seguida por un gorila de ojos tristísimos. Vio a Caín siguiéndola, intentando derribar árbol tras árbol mientras ella esquivaba el mazo con el que él azotaba las ramas y los troncos. Vio a Abel dormido y a Luluwa sentada a su lado con las manos sobre el rostro. Él les hablaba a los hijos, les ordenaba que regresaran, pero ellos no lo oían. Estaban muy cerca pero era como si estuviesen muy lejos. Entonces, para espanto suyo, el gorila había hablado con la voz de Elokim: Abel con Luluwa, Caín con Aklia, las sangres no deben mezclarse, tronó. Adán despertó con el sonido de esas palabras resonando en la luz de la mañana.

El sueño se había repetido muchas veces desde que los hijos eran pequeños. Era un sueño terrible, le decía a Eva. Un sueño que lo asfixiaba y del que siempre emergía angustiado, pero porque insistía en ser soñado, él lo consideraba una señal clara de la voluntad de Elokim.

Eva temía la compasión que Aklia le inspiraba a Adán. La trataba con condescendencia. Ella lo sorprendía a menudo mirándola con un dejo de incredulidad en el rostro, como si le costara aceptar que hubiese aparecido entre ellos de igual manera que los demás. Que los gemelos estuviesen destinados a cruzarse entre ellos le había parecido natural a Eva, sobre todo cuando pensaba que de no haber los varones nacido con sus parejas, le habría correspondido a ella reproducirse con sus propios hijos. Terrible aquel mundo, pensaba ella no pocas veces. Terrible la incertidumbre de sus vidas, todo lo que ignoraban, a pesar del castigo que habían sufrido por el saber. ¿Cómo no imaginar a Elokim burlándose de ellos? Cruel Elokim. Cruel padre abandonando a sus criaturas. Ahora que era madre su actitud le parecía aún más incomprensible. Y la maternidad nunca terminaba. Como tampoco el dolor. Sus hijos eran adolescentes ahora. Pronto tendrían que aparearse. Conociendo ella los sueños de Adán y los designios que traían consigo, intuyó mientras crecían que no habría manera de evitarles el sufrimiento. Caín era fuerte desde niño. Y estoico. Se golpeaba y rara vez lloraba, como si desde su más tierna edad albergara la conciencia de un adulto esperando paciente la madurez de su cuerpo. Para él, Luluwa, la bella Luluwa, era el principio y fin de su felicidad. Eva los veía como el anverso y reverso de una criatura que sólo existía cuando estaban juntos. Ambos eran callados, hoscos con los demás, pero tibios y afables entre sí. Poseían la facultad de entenderse a fuerza de mirarse. La creciente belleza de Luluwa, que turbaba a Abel y hasta Adán, era para Caín tan natural y llevadera como la floración de un árbol que se apresta a dar frutos. Que la viera con esa transparencia no significaba, sin embargo, que su belleza le fuera indiferente. Por el contrario, lo hacía dichoso porque tenía por seguro que Luluwa era su pareja, que estaría siempre con ella.

—¿Estás seguro, Adán, que Elokim dijo que no se mezclaran las sangres? Los animales se mezclan.

—Sabes bien que nosotros no somos iguales.

No podía ir contra sus sueños, decía él. A ella le atormentaba la posibilidad de que el sueño reflejara su preferencia por Abel. El don que tenía para comunicarse con los animales le recordaba a Adán la manera en que éstos le obedecían en el Paraíso. Abel era hermoso como Luluwa. En estatura superaba al padre. Su rostro cobrizo de nariz larga y recta, frente y pómulos altos, era vivaz y sus ojos, igual que los de su hermana, tenían el color de las hojas claras del Árbol de la Vida. Caín era de menor tamaño. Sus rasgos no eran tan apuestos como los del hermano, pero eran agradables y hasta hermosos. Sin embargo, quizás porque desde niño sintió que su afición por la tierra y el silencio desilusionaban a su padre, Caín se había convertido en un muchacho huraño y parco. Caminaba encorvado. Cuando el padre le hablaba, bajaba los ojos. Resentía, sin duda, las constantes comparaciones con Abel y hasta con el perro listo y fiel de quien había heredado el nombre. Con Eva él tenía gestos tiernos que compensaban su mutismo. Le llevaba las peras más dulces y los frutos de su laborioso empeño por multiplicar las plantas mezclándolas entre sí y dándoles de beber agua del manantial por canales que abrió con sus manos. Luluwa y Caín cosechaban híbridos extraños que Eva y Aklia probaban y que más de una vez las enfermaron. Pero si Caín y Luluwa aparecían sin ruido con sus cestas vegetales, las entradas de Abel a la cueva eran triunfales: llevaba leche de las cabras que lo seguían mansas en manadas, cazaba venados, pastoreaba corderos, había domesticado más perros y hasta se las ingeniaba para que aves como el halcón compartieran con él sus presas. Era difícil resistir la inocente bondad de Abel. Eva estaba convencida de que ni se enteraba de los celos del hermano. El mundo de Abel era simple y apacible. Contaba con la constante aprobación y halago de su padre y la compañía de los animales. Pasaba los días sonriente, explorando los bosques más allá del río, y regresaba al caer el sol con sus historias. Caín resentía que Elokim hubiese echado a sus padres del Paraíso. Abel, en cambio, quería congraciarse con él. En la piedra donde Adán no dejaba de ofrecerle al Otro las primicias del sudor de su frente, Abel dejaba también las suyas.

—Abel es más simple. Estaría mejor con Aklia. No es bella, pero sabe adivinar el mundo. Supo hacer anzuelos con huesos de venado, agujas con las espinas de los peces. Piensa más que Luluwa —insistía Eva.

—Si no te preocuparas tanto por Caín, te darías cuenta de que es a él y no a Abel a quien Aklia quiere.

—Llegaría a querer a Abel. Es fácil quererlo.

—No he dicho que no lo quiera. Pero prefiere a Caín.

—¿Cuándo crees que empezarán a mirarse como después que nosotros comimos la fruta del árbol?

—No creo que falte mucho tiempo, Eva.

—¿Has visto que Aklia y Luluwa ya tienen pechos?

—Sí. Tan pronto sangren tendremos que dar a cada uno su pareja.

—Cómo temo ese día, Adán.

CAPÍTULO 22

Hacía mucho que Adán cruzara estacas en la entrada de la cueva para evitar que entraran y los atacaran los animales. Podía suceder cualquier día, sin embargo. Ellos eran más ahora. Guardaban alimentos, los cocinaban. El olor de sus vidas flotaba lejos. Cuando escaseara la comida y volviera el frío, correrían peligro. Era hora de salir de allí. Se dieron a la búsqueda de otra cueva. Había muchas en las formaciones rocosas alrededor, pero la que necesitaban debía tener una entrada ancha frente a la cual poder cavar un foso. La harían inaccesible. Sólo ellos podrían pasar caminando sobre troncos que quitarían durante la noche.

Una idea vieja, dijo Eva. Así les impidió Elokim regresar al Paraíso. El abismo.

Crearían el propio.

Aklia y Eva encontraron una que se prestaba a sus propósitos. Era ancha, con el cielo alto y un agujero en la parte superior por donde podría salir el humo de la hoguera.

Caín encontró troncos con cuya punta cavó para remover la tierra. Adán marcó la anchura de la zanja que cavarían.

Caín y Luluwa eran fuertes. Uno al lado del otro cavaban al unísono sin distraerse. Aklia y Abel intentaban imitarlos. Aklia tuvo que rendirse. Abel no cedió. Quería que Luluwa viera que era tan fuerte como Caín, pensó Eva, observándolos. ¿Qué se propondría Elokim haciendo a una de sus hijas tanto más bella que la otra? ¿Por qué tenía tal poder la belleza? Podía verlos, a Abel y Adán, seguir los movimientos de Luluwa, detenerse en los hoyuelos sobre sus caderas, las piernas largas, los brazos, los pechos. Era inevitable, incluso para ella, admirar el cuerpo flexible, alzándose e inclinándose para cavar la tierra. Adán estaba consciente de la presencia de Eva descansando un momento bajo un árbol. Miraba a la hija de reojo y apartaba rápidamente los ojos, avergonzado de lo que fuera que estaba pensando. Sin malicia, Abel no ocultaba su fascinación. Eva miró a Caín detenerse de pronto, tomar del brazo a Luluwa y empujarla para que se colocara frente a él. Desde donde ella estaba alcanzó a ver al hijo confrontar al hermano, amenazante. Vio a Abel, asustado, mirar al padre. Él mandó a Luluwa a descansar junto a Eva. No estoy cansada, dijo ella. No importa, dijo Adán. Acompaña a tu madre.

Luluwa se sentó al lado de Aklia, que tejía con lianas una estera. Solitaria Luluwa. Eva se percató de que desde pequeña estaba envuelta en un aire tenue que la aislaba de los demás. Fue una niña hermosa, pero a medida que creció, la belleza la cercó, igual que el precipicio los separó a ellos del Jardín.

No existía en la naturaleza, ni entre los insectos, ni los paisajes, ni las plantas nada que provocara en el corazón el deslumbre que Luluwa producía sin hacer nada más que existir. Es más bella que tú, le había admitido Adán, diciéndole que jamás pensó que ninguna otra criatura se le aproximara en belleza. Eva, hasta hacía poco, había creído que Luluwa poseía la misma inocencia de Abel, una inocencia absoluta y noble, incapaz de concebir la complejidad que a ellos les mortificaba.

Era fácil sentir como arrogancia la ingenuidad con que Abel creía en la innata bondad del mundo, su alegría inalterable, su sorpresa ante lo que los demás consideraban incomprensible, dudoso y hasta perverso.

En el Jardín, la Serpiente le había dicho que Elokim no quería que Adán y ella tuvieran conocimiento para que fueran dóciles como el gato y el perro. Así era Abel, una hermosa, dulce, dócil criatura doméstica; sencillo como un niño.

Pero Luluwa no era igual por mucho que quisiera que la consideraran de la misma manera. Luluwa tenía conciencia del poder de su radiante apariencia. Ejercerlo era parte de su ser, de lo que la hacía diferente. Eva no estaba segura, sin embargo, de que se percatara a cabalidad del efecto que tenía en sus hermanos y hasta en Adán.

Aklia se cubría con una túnica tejida con lana. Luluwa llevaba una mínima piel atada a su cintura.

—Tendrás que cubrirte, Luluwa —dijo la madre—. Ya no eres una niña. Agitas a tus hermanos y hasta a tu padre.

—No es mi culpa ser como soy —dijo ella.

—Lo sé.

—¿Cómo es que yo los miro y no me agito? Son ellos los que deben cuidarse de sí mismos.

Eva calló. Luluwa hablaba poco. Cuando lo hacía, era rotunda.

—Luluwa lleva razón —dijo Aklia—. ¿Por qué ellos se agitan y nosotras no?

—Quisieras que Caín se agitara por ti, ¿no es cierto, Aklia? —dijo Luluwa.

—¿Es verdad, Aklia? —preguntó la madre.

—Siempre me he sentido más cerca de Caín —dijo Aklia—. Es menos perfecto que Abel. Yo soy menos perfecta que Luluwa.

—Pero Caín es mi gemelo —dijo Luluwa—. Él es mío y yo de él.

—Abel no me mira siquiera —dijo Aklia—. Caín me trae frutas, nueces.

—Abel sólo se mira a sí mismo. No nos necesita. No necesita a nadie —dijo Luluwa.

—Es muy bueno —dijo Eva—. Es feliz.

—Nunca duda —dijo Luluwa—. Nunca se pregunta nada. Él y sus animales se entienden muy bien.

Callaron. Las tres miraron a los hombres, que seguían cavando.

¿Sería cierto que sólo ellos se agitaban? Luluwa y Aklia eran muy jóvenes aún para saberlo, pero ella sí que sentía el ímpetu de su cuerpo cuando Adán la acunaba en las noches. Era su cercanía, sin embargo, la que producía en ella ese efecto. Verlo simplemente no era suficiente. Sí que pensaba que Adán era bello y admiraba el volumen de sus brazos, lo ancho de su pecho y la fuerza de sus piernas, pero eran sus ojos, la manera como la miraba lo que para ella convertía el día o la noche en ocasión propicia para guardarse el uno dentro del otro y reconocer, en medio de la soledad de su destierro, el consuelo de estar juntos. Los hombres parecían sin duda más impresionables. La belleza por sí sola hablaba a sus cuerpos. Viéndolos mirar a Luluwa, los percibía ajenos entre sí, poseídos por un instinto que los incitaba a disputarse la presa. ¿Cómo entender que la belleza los inquietara de esa manera en vez de infundirles el deseo de celebrarla? Tendría que preguntarle a Adán, pensó Eva. Abel seguramente no sabría responderle. Caín quizás tampoco. ¿Sería la belleza de Luluwa o habría otra razón? ¿El Sol, la Luna? ¿Hasta dónde llegaría todo aquello? ¿Qué pasaría cuando Adán le dijera a Caín que Luluwa se aparearía con Abel?

Eva soñó con la Serpiente. La vio como antes de que se arrastrara, de pie junto al árbol, su piel dorada llena de escamas, su rostro chato, las plumas suaves sobre su cabeza.

—¿Te perdonó Elokim? —le preguntó.

—En sueños me perdona.

—¿Qué sueña?

—Sueña que se arrepiente. Teme.

—¿Qué nos hará felices?

—La inquietud. La búsqueda. Los desafíos.

—Dijiste que Elokim nos ha dejado solos para probar si seremos capaces de volver al punto de partida. ¿Sólo entonces seremos felices?

—Es largo el tiempo de Elokim.

Eva despertó. No quería despertar. Cerró los ojos. ¿Cuándo, dime cuándo volveremos?, preguntó en la oscuridad. Nadie respondió.

CAPÍTULO 23

Construir el foso les llevó dos lunas llenas. En la segunda luna nueva, Aklia y Luluwa sangraron. Eva las abrazó. Las calmó.

—No sé por qué sucede, pero después de la sangre vienen los hijos.

Le contó a cada una su nacimiento. Aklia y Luluwa comprendieron qué era el agujero ciego que tenían en medio del estómago. Era el ombligo. Ni Adán ni Eva lo tenían. Preguntaron: ¿cuánto tendrían que esperar ellas para tener hijos?, ¿qué ponían los hombres de su parte?, ¿por qué Abel y Caín se parecían a Adán?

Eva sonrió. Querían saberlo todo.

Era temprano. Empezaba la época de lluvias y frío. Los hombres se marcharon solos a buscar troncos de árboles para hacer la pasarela sobre el foso. Eva retuvo a las hijas. Se acomodó con ellas sobre la piel de la osa. Avivó el fuego. Pensó en las palabras con que les diría lo que querían saber.

Ella había estado dentro de Adán, les dijo, antes de que comieran la fruta del Árbol del Conocimiento del

Bien y del Mal, pero Adán nunca había estado dentro de ella entonces. Hasta que dejaron de ser eternos no sintieron que necesitaban el uno del otro. La muerte los había obligado a otro tipo de eternidad, a crear a los que guardarían su memoria y continuarían cuando ellos partieran. Elokim había dicho que polvo eran y en polvo se convertirían. Pero también mandó que crecieran y se multiplicaran.

No sabía si para ellas sería lo mismo, continuó. En su caso, hubo un día en que albergó el deseo muy hondo de sentir a Adán dentro de ella.

—Se me llenó la piel de ojos y manos —dijo—. Quería ver hasta el fondo. Quería tocar el aire guardado en Adán. Respirarlo. Quería entender su cuerpo y que él entendiera el mío. Quería otra manera de decir que fuera más cierta que las palabras, una manera de hablar como la del gato que se roza contra nuestras piernas para que sepamos que nos reconoce. Su padre sentía lo mismo. Empezamos juntando la boca, la lengua, porque de allí sale lo que hablamos. Exploramos la saliva, los dientes y de pronto un idioma desconocido nos poseyó. Era un idioma caliente, como si hubiéramos encendido un fuego en nuestra sangre, pero sus palabras no tenían forma. Parecían quejidos largos, pero nada nos dolía. Eran suspiros, gruñidos, qué sé yo. Las manos se nos llenaron de señas, de ganas de dibujarnos cosas ininteligibles en el cuerpo. A mí el sexo se me puso húmedo. Pensé que orinaba, pero no era igual. A Adán, el pene, eso que cuelga entre las piernas de los hombres, le creció mucho. Era una mano que apuntaba hacia mi centro. Por fin atinamos a comprender que esa parte suya tendría que alojarse en mí para que nos volviéramos a juntar. Dolió cuando él entró en mi interior mojado. Pensé que no alcanzaría, pero se acomodó apretadamente. La sensación fue extraña al principio. Empezamos a movernos. Creo que Adán pensaba que podría tocarme el corazón. Se hundía buscándome el fondo. Nos mecimos, igual que el mar sobre la playa. Después sentí que mi vientre quería apretar esa mano suya, estrecharla, salir a su encuentro. Creía que no resistiría más la sensación. Entonces, un destello se extendió por mis piernas, me subió por el vientre, el pecho, los brazos, la cabeza. Después temblé toda igual que la tierra cuando caen los truenos. Adán dice que para él fue un desborde, un río que salió impetuoso, derramándose hacia mí. Él tembló también —dijo Eva, sonriendo—. Gritó. Creo que lo mismo hice yo. Eso fue todo. Después nos quedamos dormidos.

»Hicimos lo mismo a menudo, ya cuando vivíamos aquí, en esta cueva, fuera del Paraíso. Así nos consolamos. Algo ganamos al perder la eternidad del Jardín. Amor, lo llamamos. Fue haciendo el amor que Adán se mezcló con ustedes, con Caín y Abel. Creo que por eso se le parecen.

Aklia y Luluwa se quedaron pensativas. La habían escuchado embelesadas. Les expliqué lo más sencillo, pensó Eva, temiendo lo que seguiría, la pregunta que no tardó: ¿Con quién haremos el amor nosotras?, dijeron, ¿se parecerán a Caín o a Abel nuestros hijos?

CAPÍTULO 24

Pensaron que no tendrían mucho que llevar de la cueva al nuevo refugio, pero avanzando por la orilla de la planicie la mujer, el hombre, los hijos y las hijas semejaban una fila de hormigas marchando.

Eva caminaba despacio, retrechera. No fue sino hasta que aliñó las conchas, los huesos, los pequeños y grandes objetos de su entorno que se preguntó cómo era que había aceptado dejar aquel lugar familiar cuyos resquicios guardaban la memoria de su vida. Se asombró de encontrar en los escondrijos esparcidos bajo las rocas o en los boquetes de las paredes colmillos de animales, piedras de río agujereadas, el esqueleto de un pescado, una estrella de mar, una pluma del Fénix, los ombligos secos de sus hijos. Ver todo lo que había guardado fue reconocer lo ancho y largo del tiempo transcurrido desde que Elokim los echara del Jardín. La poseyó la tristeza de mirarse a distancia, como si la que guardara todo aquello fuera un recuerdo de sí misma. Imágenes del principio le ocupaban la mente, mientras indicaba a los hijos lo que debía irse o quedarse, las pieles curtidas, las vasijas pintadas, las flechas y pedernales, las figuras de barro gordas y fértiles que, en son de burla, amasó con arcilla en los días en que se quedaba sola sintiéndose como un mar a punto de ahogarse. Pensó que no quería irse. Tuvo la premonición de que cuando se hiciera el silencio y sólo quedaran sus dibujos en las paredes, la Eva que había existido allí se disolvería igual que el Jardín. Debatió sobre si detener la febril actividad, compartir con Adán el sonido lúgubre que la cueva vacía hacía sonar dentro de su pecho. La contuvo el entusiasmo de los demás. Estaban ansiosos por probar el nuevo refugio, cruzar el foso que habían construido.

Adán la alcanzó en la vereda. Cargaba las bolsas de piel donde llevaba lanzas, anzuelos, puntas de flecha. Notó el paso lento de ella, su cabeza inclinada, su desgano.

—Podremos regresar a la vieja cueva cada vez que queramos.

—Pero a ese tiempo ya no, Adán.

Por qué querría volver a ese tiempo, dijo él, a esa soledad, a ese desconcierto.

—No sé —dijo ella—. Será porque éramos más jóvenes. Será porque los días parecían más nuevos y pensábamos que podríamos hacer más que dedicarnos a sobrevivir. A veces siento que es lo único que hacemos.

Ése era el reto a su modo de ver, dijo él, demostrar que podían subsistir.

Subsistir para qué, dijo ella. ¿Cuál era el sentido de ser diferentes a los animales si de lo que se trataba era sólo de eso? Si ella había comido del fruto prohibido era pensando que algo más debía existir.

Quizás algo más existía y el propósito era descubrirlo, dijo él. Le preocupaba no descubrirlo nunca, dijo ella.

—Estás triste —dijo Adán—. La tristeza es como el humo. No deja ver.

Llegaron al refugio. La diligencia de los hijos al llegar la contagió. Era bueno el producto de su trabajo. Con lianas habían unido troncos delgados para que la pasarela no fuera muy pesada y poder retirarla al anochecer. El foso era lo suficientemente profundo, la cueva amplia, con más luz. Los animales los podrían asediar, ciertamente, pero no podrían entrar.

Instalarse no tomó mucho tiempo. Cada quién acomodó sus cosas. Era curioso verlos definir su espacio, arreglar cada uno sus herramientas: las piedras que labraban trabajosamente —pero que, poco a poco, habían afinado—, los palos con las puntas afiladas para cazar, los instrumentos con que cortaban y desollaban. Luluwa tenía cuentas doradas que atesoraba, paja y hierbas para hacer cestas; Aklia, huesos de animales para anzuelos y hasta instrumentos para desenredar los nudos del pelo de las ovejas; Abel, bastones y cayados de pastor, y Caín, los aperos con que perforaba agujeros para sembrar las semillas que recolectaba.

La luna se puso roja la primera noche que pasaron en la cueva. Abel entró dando gritos: El cielo se está comiendo la luna, decía. Salieron corriendo. En el firmamento, vieron la luna llena y una boca negra comiéndosele el borde. La boca se abría más y más; una boca de humo apagando el fulgor del pálido redondel indefenso en medio del cielo. Inexplicable. Una señal, pensó Adán.

Por temor a las angustias de Eva, él no había cumplido el mandato de Elokim: Abel con Luluwa, Caín con Aklia. Ahora Él se comería la luna. Las noches serían más negras. Miró a Eva. Aun en la oscuridad notó su rostro demudado.

¿Qué es eso? ¿Qué pasa?, preguntaban los hijos. A Eva le dolían las entrañas.

Adán tenía razón. Pensara ella lo que pensase, esta vez no podía contrariar a Elokim, descartar los sueños del hombre cuando en los suyos bien aceptaba que veía a la Serpiente y hablaba con ella. Imposible prever los castigos que les impondría Elokim si de nuevo desobedecían, si de nuevo era ella la que propiciaba la desobediencia del hombre. Y sin embargo, a través de los días, el presentimiento oscuro de una desgracia se le había venido expandiendo por el cuerpo. La luna tomó el color de las almendras. Rojiza y redonda, parecía posada encima de un luminoso pedestal en lo alto de un cielo cuya superficie rutilante semejaba de pronto un mar.

—Es una nube —dijo Eva, para tranquilizar a los gemelos—. Es como que tenía frío y se envolvió en una nube.

Adán se le acercó. Señaló el cielo y la miró fijamente. Ella comprendió.

—Hazlo —dijo ella—. Habla con ellos.

Poco después vieron la luna reaparecer tras el velo cobrizo. La luna entera. A salvo.

CAPÍTULO 25

Al Norte, siguiendo el rastro de los bisontes, Adán se había topado tiempo atrás con un valle feraz cercado por montañas donde la caza era abundante. Allí llevaría a sus hijos, hablaría con ellos, les haría saber cuál de sus hermanas tomaría cada uno como pareja. Eva quería proteger a Aklia. Temía que Caín la repudiara como sustituta de Luluwa. Le rogó a Adán que se asegurara de aplacarlo antes de regresar.

Partieron pocos días después, de madrugada. Eva salió a despedirlos, disimulando su pesadumbre. Caminó con ellos hasta que brilló alto el sol. A lo lejos divisaba las montañas oscuras bajo el cielo arisco del otoño. La hojarasca ocre que cubría el suelo crujía bajo sus pasos. El agua del río corría opaca, sucia por las lluvias que aflojaban la tierra, las raíces y las piedras de las márgenes. Cuando se separaron, Eva les pidió que alzaran la mano al llegar al borde del valle donde empezaba a espesarse la vegetación. Así podría verlos de lejos una vez más. Notó la extrañeza de los hijos, que estaban habituados a que los despidiera sin miramientos. Caín se imaginaría que lo hacía por él, pensó ella. Usualmente no salían los tres. Rara vez el padre le pedía a él que lo acompañara. Se iba con Abel y dejaba que Caín siguiera camino con ellas o solo, en busca de hongos o de tierra fértil donde plantar sus semillas. Se notaba que le complacía que el padre lo llevara esta vez. Abel iba también con buen ánimo. Quería a su hermano mayor. De pequeño siempre andaba detrás de él, imitándolo. A menudo sus intentos de seguirle los pasos terminaban en los inevitables accidentes de la niñez. Caín entonces soportaba la cólera del padre, imprecándolo por no cuidar del hermano.

Eva esperó en un promontorio hasta que, tras hacer el gesto acordado, los hombres se perdieron entre la distante vegetación.

Después, se sentó en el suelo y se echó a llorar.

—Eva, Eva, guarda tus lágrimas.

La Serpiente estaba sentada a su lado. No se arrastraba. Tenía la misma forma que cuando la vio por primera vez en el Paraíso.

—Te soñé —dijo Eva, asombrada—. Te soñé igual que antes, igual que como estás ahora. ¿Te perdonó Elokim?

—Sí.

—¿Crees que nos perdonará también?

—A su modo, quizás.

—¿Qué pasará con mis hijos?

—Conocerán el Bien y el Mal.

—¿Sufrirán?

—Te dije que el conocimiento hace sufrir.

—Siempre hablas para que no te entienda.

—No sé hablar de otra forma.

—Dime qué es el Mal. ¿Eres tú el Mal?

La Serpiente rió.

—¿Yo? No seas ridícula. El Mal, el Bien, todo lo que es y será en este planeta, se origina aquí mismo: en ti, en tus hijos, en las generaciones que vendrán. El conocimiento y la libertad son dones que tú, Eva, usaste por primera vez y que tus descendientes tendrán que aprender a utilizar por sí mismos. A menudo te culparán, pero sin esos dones la existencia se les haría intolerable. La memoria del Paraíso nadará en su sangre y si logran comprender el juego de Elokim y no caer en las trampas que él mismo les tenderá, cerrarán los círculos del tiempo y reconocerán que el principio puede llegar a ser también el final. Para llegar allí nada tendrán sino la libertad y el conocimiento.

—¿Estás diciendo que nosotros crearemos el Bien y el Mal por nuestra cuenta?

—No hay nadie más. Están solos.

—¿Y Elokim?

—Los recordará de vez en cuando, pero su olvido es tan grande como su memoria.

—Estamos solos.

—El día en que lo acepten serán verdaderamente libres. Y ahora, debo irme.

—¿Te disolverás como el Jardín? ¿Nos veremos de nuevo?

—No lo sé.

—Yo creo que sí. Creo que no me olvidarás.

—Acepta tu soledad, Eva. No pienses en mí, ni en Elokim. Mira a tu alrededor. Usa tus dones.

La Serpiente desapareció súbitamente en el aire de la tarde. Eva desanduvo el camino andado. Soplaba un viento fuerte. Se avecinaba tormenta. Se preguntó si resistirían ellos la realidad de estar solos. ¿Estarían tan solos? Recordó las pieles con las que se cubrieron al salir del Jardín, el viento que los salvó de la muerte cuando se lanzaron de la montaña, la luna reciente rojiza y oculta ¿Por qué aquellas señales? ¿Sería que la Serpiente quería que se olvidaran de Elokim? Cierto era que si estaban solos a nadie más que a ellos les correspondería conocer el Bien y el Mal, aprender a vivir sin esperar nada que no se procuraran por sí mismos, definir sin ayuda el propósito de existir. Ésa quizás era la libertad de la que hablaba la Serpiente. Si Elokim los había inducido a usarla para olvidarse de ellos y marcharse a crear otros mundos, el conocimiento, cuanto había sucedido, hasta la expulsión del Jardín, habría sido un regalo y no un castigo; una muestra de confianza de que ellos y cuantos de ellos se desprendieran y habitaran aquellas extensiones encontrarían por sí solos y construirían una manera de vivir que los consolara de la certeza de la muerte. Pero ¿cómo explicarse los mandatos? ¿Caín con Aklia, Abel con Luluwa? ¿Cómo sobreviviría su libertad si tenían que actuar contra su corazón para obedecer designios ignotos como aquél? ¿Por qué siempre enfrentarlos a la angustia de esas disyuntivas, obedecer o desobedecer, y a los castigos? No, pensó Eva. No estamos solos. Más nos valiera estarlo.

Retornó a la cueva. Lloviznaba. Encontró a Luluwa y Aklia tejiendo palmas para las cestas en que recolectaban frutas. El silencio de las premoniciones pesaba sobre ellas. Sin que Eva ni Adán les dijeran nada, Aklia y Luluwa percibían que el viaje del padre con los hijos era más que un viaje de caza. Habían sangrado. Eran mujeres. La vida esperaba en ellas.

¿Cuándo regresarán?, preguntaron. No tardarán, dijo Eva. Intuía el corazón de las hijas como si fuera el propio, pero no se animaba a advertirles lo que sobrevendría. Formaba las palabras, las masticaba, las sentía moverse en el aire de su boca, pero algo en ella se negaba a pronunciarlas. Quería que conservaran liviano el cuerpo, retrasarles el dolor, alargar cuanto fuera posible el tejido apretado que hasta ahora había envuelto sus vidas y que aquellas palabras, al pronunciarse, desgarrarían. Jamás pensó experimentar dolor mayor que el que sintió cuando nacieron, pero el que aquellos días le atravesaba el aire que respiraba era tan cruel como el que se alojaba en su recuerdo. Saber que sufrirían y el poco consuelo que podría darles era un ahogo atenazado en su pecho. Se soñaba tras ellas bordeando precipicios, ríos revueltos, incendios. Soñaba que la voz se le quedaba muerta en la garganta cuando intentaba avisarles del peligro, los abismos, las fieras.

CAPÍTULO 26

Pasaron los días. Eva salió al río a buscar peces y cangrejos. Las hojas empezaban a palidecer en los árboles, olía a tierra mojada y un aire triste de verano moribundo flotaba sobre el paisaje. Se puso en cuclillas en la ribera con la cesta de palma a esperar que los peces se acercaran. Miró el brillo del agua, la transparencia, la espuma de la corriente arremolinándose en los bordes de las rocas. Quizás exageraba su pesadumbre, pensó. ¿Qué me pasa?, pensó. No recordaba un desánimo semejante. ¿Por qué no esperar que sus hijos se acomodaran a sus parejas? Se querían. Eran hermanos. No tendrían que separarse ni renunciar al amor. Sin conocer la intimidad de los cuerpos, quizás soportarían la renuncia con menos dolor del que ella presentía. Quizás ella, sabiendo la hondura de su deseo por Adán, lo imaginaba igual en Caín, en Luluwa. Abel no objetaría a su pareja. Aklia prefería a Caín. Por más que intentara convencerse, sin embargo, no lograba imaginar a Luluwa y a Caín resignados a desoír el instinto que, desde pequeños, los mantenía entrelazados.

Escuchó pasos sobre las hojas secas. La Serpiente, pensó. Levantó los ojos. Era Caín.

Venía lleno de palabras. Cada una con el peso de un guijarro afilado. Las tiraba como una andanada, sin respiro entre una y otra. El escarnio, la pasión, la cortante espesura de lo que decía era nueva en el aire de la Tierra. ¿Dónde encontraría Caín ese modo de amargar la saliva?, se preguntó. Salió del agua sosteniendo el cesto donde se agitaban un par de peces. Enderezó la espalda y lo miró, muy abiertos los ojos, los latidos de su corazón repiqueteando en sus oídos. Le pareció que se había trocado en roca. Duro todo. Duro su rostro, la boca desplomada, ancha, como si las palabras ocuparan más espacio del que podían alojar sus dientes. Hablaba de golpear, desgarrar, aplastar, enterrar. La acusaba por hacerlo nacer, por comer el higo, perder el Paraíso, por dejar que Adán quisiera sólo a Abel. El idiota de Abel. Sólo cuando decía Luluwa su voz trastabillaba y él, consciente del efecto, se detenía para recuperar el tono de injuria y describir sin atisbo de hermandad la menuda y extraña cara de Aklia, que ella, mientras viviera, no podría considerar menos hermosa que la de cualquiera de sus hijos. Fue oírlo decir cuanto dijo de ella lo que sacó a Eva de su muda sorpresa adolorida.

—Vete a la vieja cueva, Caín, y no regreses hasta que vengas a pedirme perdón.

Erguida, con la mano apuntando lejos, encendida de dolor y furia, lo vio acobardarse ante su mirada fija. Escuchó sus pasos en la hojarasca cuando le dio la espalda y se marchó, golpeando con el báculo que llevaba en la mano las piedras, las ramas, cuanto encontró en su camino.

La decisión de Adán, la voluntad de Elokim, había trastocado como un cataclismo el esforzado e íntimo tejido de sus existencias. Gritos, imprecaciones, llantos, la mirada perdida de Aklia y el silencio temeroso de Abel fue lo que Eva encontró cuando volvió del río. Adán se paseaba de un lado a otro, ofuscado.

—Su rabia me hizo recordar cuando maté la osa a mano limpia. Caín se me echó encima. Después la emprendió contra Abel. Ciego. Abel no hizo nada. Se tapó la cara con las manos. Tuve que quitarle a Caín de encima. Terminaron llorando ambos. Caín salió corriendo para acá. Abel no dijo una palabra. No habló nada todo el camino hasta aquí. Yo le hablé, le expliqué. Él sólo me miraba. Fue terrible —decía.

Eva lo sacó de la cueva. Se lo llevó hacia unas rocas bajo la sombra de un grupo de palmeras que crecía a la par de su refugio nuevo. Aún temblaba, poseída por la angustia y el disgusto. Se sentó con la espalda reclinada en una piedra. No sabía cómo se quebraban los huesos pero sospechó que existían huesos invisibles que podían quebrarse y desmadejarlo a uno.

—¿Qué pasará, Adán? Esto es como otro castigo.

—Obedecimos. Vimos las señales en el cielo. Tú cediste.

—Perdimos el Paraíso. ¿Qué perderemos esta vez?

—No sé, Eva. Puede que esta sea la prueba para nuestros hijos. Elokim querrá probar su libertad, saber si le obedecerán.

—No sé qué libertad sea ésta.

Eva movió la cabeza. Se tapó la cara con las manos. No podía llorar. Quería proteger a sus hijos. No se resignaba a pensar que aquélla sería la trampa que los haría perder la inocencia. La libertad era un don, había dicho la Serpiente. Pero parecía que ni el mismo Elokim entendía la libertad. Quería que fueran libres, pero los atrapaba con aquellos mandatos incomprensibles. ¿De qué estaría hecho?, se preguntó. ¿De dudas también, como nosotros?

—¿Qué haremos, Adán? ¿Cómo lo apaciguaremos?

—El tiempo, Eva. Caín y Abel son hermanos. Caín comprenderá que no fue decisión de Abel —dijo Adán—. Tendrá que entender que hay sangres que no deben mezclarse. Los mandaré a hacer ofrendas juntos. Tú y yo les haremos ver que deben reconciliarse, que deben comprender los designios de Elokim.

—¿Tan bien como los comprendimos tú y yo? —lo interrogó irónica Eva.

Al día siguiente Caín no había regresado.

—Enviaré a Aklia a buscar a Caín —dijo Adán.

—¡No! No mandes a Aklia —saltó Eva—. Temo que le haga daño. Yo mandaré a Luluwa. A ella la escuchará. Hablar les hará bien a los dos.

Eva hizo levantar a Luluwa de la esquina de la cueva donde estaba acurrucada desde la noche anterior, las piernas contra el pecho, la cara entre las rodillas, sollozando. La miró. Era tan joven. Su figura y sus facciones olvidaban la niñez, su cuerpo balbuceaba un nuevo idioma. Se preguntó qué sentirían sus hijos, cómo sería ese tránsito hacia la naciente madurez que ni ella ni Adán habían experimentado. Lo que ella sí conocía era cuán irrefrenable era el deseo de desobedecer las exigencias cuya razón uno no alcanzaba a discernir. Y también conocía las consecuencias.

—Ve a buscar a Caín, Luluwa.

Aklia se echó a llorar. En el rostro azorado de Abel se leía una quieta congoja.

Luluwa partió a buscar a Caín. Salió a la hora del medio día y regresó con él al atardecer. Muchas horas. Eva miró sus rostros desalojados de pena. Desobedecieron, pensó. Ellos también.

Caín se arrodilló ante Eva. Le pidió perdón. Eva lo abrazó. Lo apretó fuerte contra sí. ¿Cuál será tu castigo, hijo mío?, pensó.

CAPÍTULO 27

Adán mandó que prepararan las dádivas que llevarían como ofrenda a Elokim.

Caín no quiso salir a recolectar la suya con Aklia. Cuando Luluwa salió con Abel, él estaba en cuclillas alistando sus herramientas. La muchacha lo miró al pasar. Los ojos encendidos. Eva captó el intercambio. Vio el brazo de Caín tensarse, la mano crispada sobre el pedernal.

El altar donde Adán tenía por costumbre depositar su dádiva se encontraba cerca de la vieja cueva, al Sur de la montaña que se elevaba solitaria en medio de las rocas de la rojiza planicie.

Caín se apresuró. El hermano le llevaba ventaja porque había partido antes que él pero, conociendo a Abel, sabía que tardaría en elegir entre las ovejas de su rebaño. Se dirigió al huerto donde había sembrado calabazas. Cortó las primeras que vio, añadió un mazo de trigo y un racimo de uvas. Lo hizo todo con apremio y logró llegar al sitio justo cuando Abel y Luluwa se acercaban. Su hermano llevaba una oveja sacrificada cargada

211

sobre la espalda. Su mejor oveja, seguramente. Era hermosa y gorda y la sangre del degüelle salpicaba el cuello y el pecho de Abel.

Caín se plantó primero frente al altar de Adán. Colocó su ofrenda. Abel se acercó.

Hizo el intento de poner la oveja al lado de las dádivas del hermano, pero éste le cortó el paso.

—Lo siento, Abel. Tendrás que buscar otro lugar para tu ofrenda.

—Creí que lo haríamos juntos.

—Te equivocaste.

—Pero hay espacio.

Caín lo empujó. Tensó el lado derecho de su cuerpo y arremetió con fuerza suficiente para hacer vacilar el equilibrio del otro.

—¡Caín! —exclamó Luluwa.

—Tú quieta —le gritó Caín.

Abel miró al hermano de arriba abajo, incrédulo, y, haciéndose a un lado, empezó a recolectar piedras para hacer su propio altar. Sus movimientos bruscos delataban su pasmo y malestar.

Caín vigilaba al hermano por el rabillo del ojo. Luluwa estaba sentada en una roca, la espalda encorvada, los brazos cruzados en la cintura, su pie moviéndose nerviosamente, haciendo dibujos en la tierra.

Abel terminó al poco rato de improvisar el ara donde colocó el cordero. Después se puso de rodillas. Se quedó quieto con los ojos cerrados.

Caín también se arrodilló. Oyó su corazón palpitar en sus brazos, en sus piernas, impelido por la excitación de una rabia que lo llenaba todo y le impedía pensar u orar.

El cielo oscuro anunciaba chubasco. Luluwa miró las nubes negras y ominosas en el horizonte. Sintió el viento levantar la frente, soplar entre los árboles.

Repentinamente, la luz fulgurante de un rayo los cegó. Sintieron el olor a carne quemada. Había caído exactamente sobre el cordero de Abel, consumiéndolo.

En las piedras sólo quedaba la silueta del animal y un montón de negra ceniza.

Abel miró a Caín. Sonrió beatíficamente.

—Alabado sea Elokim —dijo en voz alta y se postró.

Maldito seas, Elokim, pensó Caín, maldito seas. Prefieres a mi hermano, igual que mi padre.

Él nunca había escuchado la voz de Elokim. Cuando la escuchó súbitamente reverberar en su cabeza se puso a temblar. Oyó claramente el reclamo: ¿Por qué me maldices, Caín, por qué estás triste? Si eres atento y justo, también aceptaré tu ofrenda. Cuando me insultas te insultas a ti mismo.

Salió corriendo, avergonzado, contrito. No se detuvo hasta que llegó donde Eva. Se le metió en el pecho como cuando era niño.

—La Voz me habló. La Voz me habló —repetía—. La oí, madre. La oí.

Eva lo acunó. Lo apaciguó. La confusión de Caín era un desgarro en su corazón. Todos sus otros hijos alguna vez habían creído escuchar la voz de Elokim. Todos menos Caín. Ahora que la había escuchado, ella intuía que a la par del terror, al fin se sentía tomado en cuenta. Adán, que recién bajaba al refugio, supo por Eva lo sucedido. Vio a Caín apretado entre sus brazos. Antes de que pudiera reaccionar sintieron a Abel y Luluwa entrar al refugio, deslizándose presurosos por la escalera. Caín saltó fuera de los brazos de la madre, se colocó en un rincón, la espalda contra la pared, el rostro hosco. Abel no lograba contener su emoción.

El mismo Elokim se había llevado su ofrenda envuelta en un rayo de luz, dijo jubiloso. Tendrían que haberlo visto, exclamó. De la oveja que puso en la piedra de las ofrendas apenas quedaron cenizas.

Luluwa no sólo corroboró lo que decía Abel, narró el altercado entre los hermanos. Reprochó a Caín. No era así que lograría la comprensión de Elokim, dijo. Los ojos de Caín brillaron en la oscuridad. Impenetrables. Calló. Dejó que celebraran a Abel y lo censuraran a él. Aklia lo miraba de reojo. Intentó sentarse a su lado, tomarle la mano. Él la apartó con un manotazo que nadie sintió mas que ella.

Caín no durmió esa noche. Vagó frente a la cueva, bajo la luz de la luna. Eva se asomó y vio la silueta acongojada, el furor de sus pasos. Volvió al lado de Adán apesadumbrada y no pudo conciliar el sueño.

Al otro día, Caín se fue con Aklia al campo. Adán pensó que estaba más tranquilo. Luluwa estuvo agitada hasta que regresaron. Eva no lograba aquietar el ruido en su interior. Será el otoño, pensó, ver cómo muere todo lentamente. Los árboles quedándose sin hojas, la noche que corta, el graznido de los búhos, el sonido de pasos que no existen más que en mi imaginación. El mundo tenso, agazapado, le recordaba el aire detenido después de comer la fruta del Árbol del Conocimiento del Bien y del Mal.

La madre acurrucó a Aklia.

—Caín no me quiere —dijo ella—. Ni Caín ni Abel ni Luluwa ni mi padre. ¿Qué soy yo, madre? ¿Cuál es mi destino? Veo las bandadas de monos y a menudo quisiera irme con ellos.

—Pero no eres una de ellos, Aklia.

—Me sentiría más cómoda. Nadie me rechazaría.

—¿Qué sabes, hija?

—Sé que Caín no se apareará conmigo. ¿Qué sabes tú, madre?

—No eres un mono.

—¿Y qué importaría si lo fuera? Al menos sabría qué soy.

—Pero tú piensas.

—¿Cómo sabes que ellos no piensan?

—No hacen más que sobrevivir. No hablan.

—¿Y eso está mal?

—No sé, Aklia. A veces no sé cuál es el Bien y cuál es el Mal. Tranquilízate. Duérmete.

Eva pensó largo rato en las palabras de Aklia. Viendo su rostro recordó el mono que la invitara a subir a un árbol en la hondonada y que luego le mostrara el camino de regreso a la cueva. La apretó contra sí. Lloró sin hacer ruido. Sus lágrimas humedecieron el pelo de su hija.

CAPÍTULO 28

Apartado de todos, Caín se dedicó a sus semillas. Sacó la cosecha de lentejas, de trigo, removió la tierra para los cultivos que asomarían en primavera. Regresaba a la cueva a horas intempestivas. Vigilaba a Luluwa y Abel. Se negaba a hablarle a Aklia.

Adán se resistía a sumirse en la tristeza que los amenazaba. Habían sobrevivido hasta ahora y continuarían sobreviviendo. Él y Eva se reproducirían si es que los hijos no lo hacían. Con el tiempo, Caín calmaría su desasosiego. Si su madre y él soportaron la pérdida del Paraíso, él tendría que resistir. Había que esperar. El tiempo pasaba y se llevaba la inconformidad, uno aceptaba lo que no podía cambiar. Eva estaba ojerosa. Dormía poco.

Volvió la rutina de la caza. Se acercaba el invierno y debían prepararse para las noches frías y oscuras, para la tierra yerta y los árboles desnudos. Abel y Adán retornaron a salir juntos. Aklia, Luluwa y Eva recogían hongos, hierbas y peces.

Las noches eran tensas, llenas de ruidos y pasos. Eva cerraba fuerte los ojos y se negaba a ver quién andaba por allí. Obligaba a Adán a que se quedara quieto. Una madrugada le pareció oír una manada de monos al otro lado de la pasarela. Se sentó y buscó a Aklia y no pudo verla, pero por la mañana ella estaba allí como siempre. Fue un sueño, se dijo.

Llegó el día en que Caín salió de su alejamiento. Eva pensó que quizás ella volvería a dormir como antes y no el sueño frágil cortado por sonidos que ya no atinaba a saber si eran reales o imaginarios. Vio a Caín acercarse a Abel y los vio conversar y tuvo que apartarse para esconder sus lágrimas de alivio.

A la mañana siguiente los hermanos salieron juntos. Eva los vio partir envueltos en un aire plácido. Inclinado sobre el surco que abría para desviar agua del río y acortar el trecho que caminaban para apagar la sed, Adán sonrió a su mujer.

El día transcurrió ligero y cristalino. Hacia el crepúsculo, Eva pintaba vasijas, Aklia afilaba anzuelos, Adán terminaba el canal para llevar el agua. El ruido de la hojarasca, de alguien corriendo los hizo levantar la cabeza.

Luluwa salió de los arbustos, jadeando.

¿Qué fue lo que dijeron los ojos de Luluwa que la sacudió? Eva se levantó con urgencia.

—¿Qué pasó? —preguntó.

Luluwa abrió la boca. No salió ningún sonido.

—¿Qué pasó? —repitió la madre.

Adán y Aklia dejaron lo que hacían.

—Caín golpeó a Abel. Abel ya no hace ruido. Está en el suelo, con los ojos abiertos.

Luluwa empezó a hablar. Contó que temprano en la tarde, mientras tejía unas cestas, vio que era inútil intentar que sus manos siguieran el compás de sus pensamientos. El desasosiego hizo que decidiera salir a buscar a Caín y Abel. Angustiada, se fue sin advertir a nadie, porque sentía su cabeza llena de insectos revoloteando, y una cantidad de pájaros sin rumbo abriendo las alas, atrapados en su pecho. Con la rapidez de sus piernas llegó sin demora al plantío de trigo. Se preguntó dónde llevaría Caín a Abel, porque no los encontró allí, ni río arriba, donde crecían los hongos, ni donde las calabazas asomaban sus cabezas naranja. Pensó en la vieja cueva, las higueras, los perales. Corrió jadeando. A su paso se espantaban los monos en los árboles, los cerdos salvajes. En la carrera, los espinos le rayaron la piel. Cuando llegó al bosquecillo de perales, sintió el olor de Caín. Había estado allí, pero se había marchado. Afinó el olfato, dio la vuelta a la montaña solitaria, se subió sobre unas rocas para ver si desde allí atisbaba a los hermanos. Divisó una silueta sobre un terraplén. Corrió hacia allá gritando para avisarle a Caín de que no se fuera, que la esperara.

Al llegar se inclinó para calmar el dolor agudo de la carrera atravesado en las costillas.

—Pensé que Abel dormía tendido sobre la tierra y que, a su lado, Caín velaba su sueño. Pero luego oí los gemidos de Caín. Lo vi con la cabeza entre las piernas. Se mecía de atrás para adelante con las manos entrelazadas detrás de la nuca. No más verme, lanzó un grito. Se echó a llorar. ¿Qué le pasa a Abel, Caín?

»Y me dijo: Está muerto, Luluwa, lo maté.

Está muerto Luluwa, lo maté. Está muerto, Luluwa, lo maté. Está muerto, Luluwa, lo maté. Eva oyó la frase y todas las palabras del mundo excepto ésas desaparecieron. Quería pensar y sólo está muerto, Luluwa, lo maté, quería hablar y sólo está muerto, Luluwa, lo maté. Y era estar viendo aquellas palabras, viendo la imagen que Luluwa describía: Abel en el suelo y Caín diciendo aquello una y otra vez.

Luluwa siguió hablando.

—¿Lo mataste?, le pregunté, sin poder entender. Pensé que nunca habíamos visto morir a uno de nosotros. Pensé que Caín se equivocaba. Entonces me arrodillé junto a Abel y empecé a llamarlo. Vi la sangre bajo su cabeza. Una aureola roja. Vi que Abel miraba fijo al cielo. Lo zarandeé. Le rogué que despertara. Abel estaba frío, helado, como el agua del río. No despierta, me dijo Caín. Me dijo que ya lo había intentado. Me dijo que no se oía ningún ruido dentro de él. Gritó que lo había matado. Y lo mató —gimió Luluwa, soltándose en llanto—, lo mató. Es cierto. Yo lo vi. Está muerto. No se mueve. No habla. Mira fijo. Y está frío. Caín lo mató, ¡Caín lo mató! No quiso hacerlo pero lo mató. Pobre Caín. ¿Qué irá a ser de nosotros? ¿Dónde está Abel? ¿Dónde es la muerte? ¿Cómo haremos para que vuelva?

Ninguno de ellos había muerto aún, pensó Eva. Ellos no podían morir, pensó Adán.

Eva recordó a la Serpiente: no era fácil morir, había dicho. Elokim no dejaría que esto sucediera, se dijo Adán. Eva y él, tiempo atrás, se habían lanzado de la cima del monte creyendo que morirían, sólo para despertar dentro del río sin un rasguño.

—Vamos, Luluwa, llévanos donde tus hermanos.

CAPÍTULO 29

Corrieron los cuatro sin detenerse. Corrieron a través del paisaje de otoño.

Oscurecía. En el cielo las nubes ardían en la roja luz del crepúsculo, la tierra oscura y hostil les devolvía el sonido de sus pies cayendo rítmicos sobre el suelo.

Una manada. Una manada despavorida. A su paso los pájaros levantaban el vuelo. Los animales olían su angustia. Ninguno se acercó.

Está muerto, Luluwa, lo maté. Quería borrar las palabras, pero sonaban igual que los talones cayendo uno tras otro sobre el sendero. ¿Y si era cierto? ¿Y si Caín había matado a Abel? Todos sabían matar. Hasta ella. Los peces morían en sus cestas. Sus colas golpeaban contra los costados cuando se quedaban sin agua.

Pero ¿matar a otro como ellos? ¿Cómo no iba a medir Caín su fuerza? Luluwa contó que Caín le había pegado con una piedra. Así mataba Adán los conejos.

Así le contó que mató a la osa que destrozó a su perro. ¿Qué había hecho Adán, qué había hecho ella al matar la primera criatura? ¿Qué fuerzas crueles desataron para sobrevivir, para comer? ¿Y por qué lo había dispuesto así Elokim?

¿Sabría acaso lo que hacía? ¿O lo hacía todo con el abandono con que pintaba el cielo, con que armaba las flores, las alas de los pájaros? ¿Pensaba acaso? Si no vivía como ellos, ¿cómo podía disponer de sus vidas, disponer de lo que podía o no ser?

Luluwa señaló el promontorio. Subieron. Aklia gemía, trastabillaba. Eva la vio apoyándose en sus manos para empujarse, para ir más rápido.

—Cuidado con tus manos, Aklia.

Ella la miró con sus ojos dulces. No habló. No hizo más que un ruido triste y agudo.

Adán vio la figura de Abel tendida en el suelo. Mucho animal había matado para no reconocer las señales. Pero corrió a tocarlo. Fue el primero que hundió su cabeza en el pecho de Abel. Su llanto era ronco, inmenso. El aire se llenó de su quejido. Era un llamado, una admisión de derrota.

Eva se acercó despacio. Le temblaban las piernas. Recordó la sensación de Abel en su vientre. El sebo y la sangre de su pequeño cuerpo. Sus ojos se detuvieron en las plantas de los pies del muchacho. Estaban curtidas. Eran lisas, grandes. Los dedos. Los piececitos de sus hijos. Nada le maravilló tanto cuando nacieron. Los pies y las pequeñas orejas, los lóbulos curvos como carácolas. Se acercó más. Vio sus ojos fijos. Se inclinó y tocó sus párpados para cerrarlos. Lo hizo sin pensar. El conocimiento del Bien y del Mal.

Hermoso Abel. Dormido. Le pasó la mano por la frente. Fría su piel. La tristeza le corrió lenta por el cuerpo, como irse llenando de agua toda hasta no poder respirar. Se sentó cerca de su cabeza. Lo acarició. Quería abrazarlo, pegarlo contra su pecho, apretarlo fuerte, consolarlo. ¡Qué solo estaría!, pensó. Más solo que ellos que estaban solos.

Adán lloraba. El llanto le salía de un lugar que no parecía estar dentro de él, sino dentro de la tierra misma. Ella tomó la cabeza de Abel y la puso sobre su regazo.

—Ayúdame, Adán, ayúdame a abrazarlo, ponlo en mis brazos.

Adán la ayudó. Ella acunó al hijo. Lo meció. No habría cómo llorar este dolor, pensó, las lágrimas corriéndole por las mejillas, derramándose sobre sus pechos. Apretó a Abel. ¿Dónde está tu vida, Abel? ¿Por qué no te mueves?

Estaba tan pesado, tan abandonado. Tocó su cabeza. La herida en el cráneo. Ya no sangraba. A ella el vientre se le puso hueco, sentía el vacío del hijo como un desalojo de sí misma. Sólo agua la inundaba. Agua asfixiándola hasta que pudo sacar el quejido profundo, dejarse ir en la pena de saber que nunca más volvería a ver a Abel vivo. Nunca más.

Vio a Aklia saltando, gimiendo. Luluwa.

—¿Dónde está Caín? —preguntó—. ¿Dónde está mi hijo Caín?

—No sé —dijo Luluwa—. No sé.

—Búscalo, Luluwa. Búscalo para que nos ayude a llevar a Abel a la cueva. No podemos dejarlo aquí.

Entró la noche. Adán encendió fuego. Uno a cada lado de Abel, Adán y Eva acompañaban a su hijo bajo un cielo oscuro y estrellado.

Aklia se había quedado dormida.

—Recuerdo cuando fui consciente de que era —dijo Adán—. Lo recuerdo y pienso que habría sido mejor nunca existir.

—Yo recuerdo cuando comí la fruta del árbol. No debí haber comido.

—Nunca habría muerto Abel. Fue contigo que todo empezó, Eva —alzó los ojos. La miró con adolorido rencor.

—Sin mí no habría existido Abel —reaccionó ella—. No nos habríamos amado. Conmigo empezó la vida que tenía que ser. Sólo cumplí con mi destino.

—Y empezó la muerte.

—Yo di vida, Adán. El que empezó a matar fuiste tú.

—Para sobrevivir.

—No te culpo, pero una vez que aceptamos que había que matar para sobrevivir permitimos que la necesidad dominara nuestra conciencia, admitimos la crueldad. Y mira ahora cómo la crueldad ha venido a posarse en nuestras vidas.

—Era inevitable. Tan inevitable como que tú comieras la fruta.

—Si Elokim no nos hubiera obligado a cruzar a los gemelos entre ellos, quizás esto no hubiera sucedido.

—¿Para qué nos creó, Eva? No creo que pueda sufrir más de lo que he sufrido.

—La Serpiente decía que Elokim nos hizo para ver si los nuestros serían capaces de volver al punto de partida y recuperar el Paraíso.

—¿Acaso nosotros no somos el principio?

—Según me dijo, en el Jardín nosotros fuimos la imagen de lo que Elokim quería ver al final de su creación. Cuando comimos el higo, él alteró la dirección del tiempo. Ahora, para volver al punto de partida, nuestros hijos y los hijos de sus hijos, las generaciones que nos sucederán, tendrán que recomenzar, retroceder. Eso dijo.

—¿Y hasta dónde tendremos que retroceder?

—No sé, Adán. Creo que acabaremos en manada. Quizás Aklia contenga el futuro. Quizás por eso te parezca extraña. Quizás sea el pasado que nosotros no conocimos.

—Tan inocente, Aklia.

—Y esencial.

—Pero también mataría.

—Caín mató.

Eva calló.

—Me duele ese hijo tanto como éste —dijo ella al fin.

—¿No sientes que debemos castigarlo?

—¿Castigarlo? Te aseguro que ningún castigo que le impongamos será tan duro como el que sufrirá por sí solo. Se irá con Luluwa. Lo presiento. Creo que igual que tú y yo, ya han desobedecido.

CAPÍTULO 30

Despuntaba el día cuando Caín regresó con Luluwa. Se postró de rodillas frente a Adán y Eva.

—Nunca quise matar a Abel —gimió—. No conocía el peso de mi mano.

—Levántate —dijo Eva.

Caín se puso de pie. Eva vio el círculo profundo sobre su frente. Bermellón. La carne viva. Quemada.

—¿Quién te marcó? —preguntó Adán.

—Elokim.

—¿Cómo? Dinos —inquirió Eva.

—Abel dijo que sería buen padre para los hijos de Luluwa, que yo sería feliz con Aklia —sollozó—. Le dije que Luluwa y yo éramos una misma cosa, que no podíamos existir el uno sin la otra. Pero él dijo que era la voluntad de Elokim que él procreara con Luluwa. Lo golpeé. No sabía que mis golpes lo matarían. Me escondí. Entonces oí la voz de Elokim. Me preguntó por Abel. ¡Me preguntó por Abel! ¡El que todo lo sabe! Me enfurecí —lloró—. ¿Acaso soy el guardián de mi hermano?, le respondí. Dijo que la sangre de mi hermano había clamado hasta él. ¡Y me maldijo! La tierra jamás me dará frutos, decretó. Me convertiré en un fugitivo que vagará por el mundo. Le rogué, me postré. No podré soportar un castigo tan grande, le dije. Me matarán los animales, los que vengan más tarde, me matarán. Entonces me marcó en la frente. Verán la marca y no te matarán, dijo. Si lo hicieran, su venganza caería sobre ellos siete veces siete.

Caín hizo el gesto de echarse en los brazos de Adán. Lloraba, temblaba. Adán lo empujó. Eva lo tomó en sus brazos, pero no logró que lo abrazara su corazón. Caín se apartó.

Luluwa se tiró al suelo. Golpeó su frente contra la tierra. Pensó en Abel, en el cuerpo de Caín, que tan sólo días antes ella había sentido tan dentro de su cuerpo, pensó en cómo lo amaba; en la soledad que los acompañaría y en la que tendrían que vivir. Lloró con un llanto que ululaba como el viento, como si una tormenta hubiera tomado posesión de ella y sus rayos y truenos la estuviesen destrozando.

Entre todos llevaron el cadáver de Abel a la vieja cueva donde había nacido.

Eva limpió la sangre de su cabeza. Recordó la primera vez que lo limpiara en el manantial, lo suave y movedizo y cálido que era recién salido de su vientre; lo rígido y frío que estaba ahora. Dejó que el aire saliera de sus pulmones. Se escuchó aullar como loba. El dolor quedó intacto como una herida fresca que nada alcanzaría a sanar.

Adán quemó resinas aromáticas al lado de su hijo. Pensaron quemar el cuerpo en la hoguera para que el humo del sacrificio subiera hasta Elokim. ¿Dónde estabas, Elokim, mientras mis hijos se mataban?, clamó Adán en silencio. Luluwa suplicó que lo pusieran en la tierra. Ya que Abel no había tenido hijos, su cuerpo al menos se haría bosque y endulzaría las frutas. Adán imaginó la sonrisa del hijo apareciendo entre las hojas de algún árbol. Polvo eres y en polvo te convertirás. Polvo fértil.

Tres veces hubo que enterrar a Abel. La tierra, que nunca había conocido la muerte de un ser humano, devolvió una y dos veces sus restos. Cerraban el hueco y éste se abría. No fue sino hasta la tercera vez, hasta que Adán y Eva se postraron y pidieron a la tierra que lo recibiera, que ésta se cerró sobre el cuerpo de Abel y lo guardó para siempre.

CAPÍTULO 31

Caín debía partir a la tierra de Nod. Dijo que Elokim así lo había ordenado.

Adán se negó a esperar para verlo marchar. Regresó solo a la cueva sin recuerdos. Sólo hijas le quedaban, dijo. Sus dos hijos estaban muertos.

Eva le reprochó su dureza. Con sus propias manos, para vengar la muerte de su perro, él había matado una osa que defendía a su cachorro. Conocía la rabia irracional de perder lo que amaba.

—Ojalá llegue el tiempo sin crueldad que sueñas, Eva.

—Perdona a Caín.

Adán no cedió. Ella recordó preguntarse alguna vez si Elokim lo formaría del filo de alguna montaña.

Eva permaneció con sus hijos en la cueva de los dibujos.

Caín y Luluwa apenas intercambiaban palabras. Aliñaban las piedras de labrar, las semillas y cobijas que llevarían con ellos al Este del Paraíso. Caín había conocido esas tierras en una de sus peregrinaciones. Eran verdes, decía. Aunque nada de lo que sus manos sembraran diera fruto, Luluwa no pasaría hambre ni sed.

Aklia no hablaba desde la muerte de Abel. Recogida en la concavidad de una roca, en la oscuridad del fondo de la cueva, no atendía los llamados de Eva. Cuando ésta se acercaba, fijaba en ella sus ojos dulces y atemorizados. Olvidada del habla parecía también haber perdido la razón y la conciencia, para entregarse sin reparos a una existencia de simio. Eva la vigilaba. Apenas durmió temiendo que se marchara con la manada de monos que pasó rondando la cueva por la noche.

Por la mañana observó a Caín y Luluwa lavarse en el manantial antes de salir a la incertidumbre de sus vidas vagabundas. Vio las manos de Caín y sintió que tocaba de nuevo la herida profunda en la cabeza de Abel. Sin dejar de amarlo, le deseó penurias que lo forzaran a la humildad y a la vergüenza. Poseía el terrible conocimiento de la textura del hijo, sabía el instante preciso en que se torcieron sus ramas, las raíces sedientas que nunca fueron regadas. Comprendía el origen pero no terminaba de entender la violencia. Aquella violencia, sobre todo. La que fue capaz de matar al hermano.

Luluwa sollozó al despedirse de Aklia, quien la observó y alzó los brazos no para abrazarla, sino para tocar su propia cabeza, los ojos brillantes sin lágrimas mirándola curiosos. No lloró al despedirse de Eva. Era orgullosa, reticente a admitir la fragilidad. Se protegía tras su belleza, pero, sobre todo, amaba a Caín y no quería mostrar frente a su madre ninguna fisura entre los dos.

Eva vio la turbia figura de sus hijos empequeñecerse al cruzar la planicie y echó de menos a Adán. Había esperado que llegara.

La pena la dejó inmóvil. Poco a poco sus ojos fijos volvieron a mirar la cueva con las paredes cubiertas de pinturas. Pensó en el rastro que antes de existir sobre la piedra esas figuras habían dejado grabadas en la corteza de su corazón. Cada símbolo tosco o fluido recuperó para ella lo que, de su pasado, quiso atesorar y proteger del olvido. Porque su ser entero, tras la muerte de Abel, estaba abierto y desprotegido, Eva recapituló sin falsedad ni invención su insólita existencia. Reconoció que Adán y ella, a pesar del desgarro, guardaban más que memorias del Paraíso; éste los seguía rondando y flotaba sobre sus vidas. Nunca lo habían perdido. No lo perderían mientras su rastro indeleble siguiera dibujado en el interior de ellos mismos.

La Serpiente apareció una vez más.

Antes de volver al lado de Adán, Eva llevó a Aklia a conocer el mar.

En pocos días el pelo de la hija había vuelto a cubrir sus mejillas. La piel de sus manos y sus pies largos y delicados se había endurecido adquiriendo un tono pardo. Parecía decidida a dejar que la noche la habitara. Caminaba tomada de su mano, dócil y torpe, vaciada de palabras. A ratos, en el trayecto, se soltaba y corría ayudándose con los brazos. El mar la deslumbró. Saltó contenta sobre la arena y se cubrió los ojos con el brazo para evitar el resplandor. Eva la dejó retozar, la mandó a recoger caracolas y conchas.

Ella se sentó sobre la roca donde soñó haber visto una mujer vestida con plumas cuyo rostro terminó siendo el suyo. Oyó la voz de la Serpiente antes de verla.

—Mira la pequeña Aklia. El pasado y el futuro van corriendo con ella por la playa.

—¿Qué quieres decir?

—Ha vuelto a la inocencia, Eva; una inocencia anterior al Paraíso, precursora del Paraíso. La Historia ha saltado de ti a ella ahora y un tiempo largo y lento está por empezar.

—No sé si creerte. ¿Por qué Aklia? ¿Por qué no Caín y Luluwa? ¿Por qué no Adán y yo?

—Todos hemos cumplido nuestros designios, Eva. Así como tú has dibujado en las paredes de la cueva los códigos de tu pasado, Elokim ha dibujado en nosotros los símbolos con que la humanidad se entenderá a sí misma.

—¿Y Aklia?

—Aklia es la realidad de Elokim. Nosotros somos sus sueños.

—Dijiste que en el principio estaba el final.

—El final de los descendientes de Aklia será llegar al principio. Reconocerlo como la memoria persistente que habrán querido encontrar haciendo y destruyendo su propia Historia.

—¿Volverán al Paraíso? ¿Y después qué? ¿Se preguntarán qué hay más allá? ¿Se aburrirán?

—Quizás no. No sufrirán la ceguera de la inocencia, el anhelo de saber de la ignorancia. No necesitarán morder frutas prohibidas para conocer el Bien y el Mal. Lo llevarán con ellos. Sabrán que el único Paraíso donde es real la existencia es aquel donde posean la libertad y el conocimiento.

—¿Crees que lleguen a ser verdaderamente libres? ¿Crees que Elokim se lo permita?

—La existencia es un juego de Elokim. Si tu especie encuentra la armonía, Elokim se marchará. Pienso que secretamente desea que le concedan el don del olvido y lo liberen de la soledad de su poder. Así podrá marcharse a construir otros universos.

—¿Te irás con Él?

—Me iré si es que tu especie logra entender las señales. Me iré si es que Él y yo no terminamos víctimas de nuestras propias creaciones.

Eva miró a la Serpiente con tristeza. Mientras la veía su piel de escamas se llenó de plumas blancas, se afinó su rostro chato. En pocos segundos el plumaje suave, brillante la cubrió. Otra vez, como en su antiguo sueño, Eva vio su propio rostro reflejado en la criatura, instantes antes de que ésta se diluyera para siempre.

Llamó a Aklia. La tomó de la mano e inició el camino de regreso a la cueva.

El olor a salitre fue quedando atrás. Cruzaron las suaves colinas. Pasaron la noche abrazadas bajo unas rocas. Al amanecer bajaron por la depresión boscosa donde mucho tiempo atrás Eva se extraviara. El oro del otoño iluminaba los robles y el follaje. Eva apretó fuerte la mano de Aklia. Inquieta, Aklia miraba las copas de los árboles. Daba pequeños saltos. Se rascaba la cabeza.

Eva vio venir la manada de monos grandes, gráciles y vivaces columpiándose sobre las ramas.

Sintió los ojos húmedos. Cuánto había perdido, pensó.

Aklia se soltó de su mano. Antes de dejarla marchar ella se inclinó y la abrazó fuerte contra su corazón. Recuérdame, Aklia, dijo, recuerda cuanto has vivido. Algún día hablarás de nuevo. Ahora vete. ¡Corre, hija, ve y recupera el Paraíso!

Eva siguió sola su camino. Una llovizna tenue empezó a caer sobre el mundo.

Y luego fue la lluvia.

Managua-La Finca-Santa Monica, 2007

BREVE BIBLIOGRAFÍA

Bloom, Harold y David Rosemberg, *The book of J.*, Grove Weidenfeld, Nueva York, 1990.

Friedman, Richard Elliott, *Who wrote the Bible?*, Harper & Row, Nueva York, 1989.

Horne, Charles F. (ed.), *The Sacred Books and Early Literature of the East*, Parke, Austin and Lipscomb, Nueva York, Londres 1917.

La Biblia. Folio Society, Londres, 1958.

Norris, Pamela, *Eve, a biography*, New York University Press, Nueva York, 1998.

Pagels, Elaine, *Adam, Eve and the Serpent*, Vintage Books, Nueva York, 1989.

Platt, Rutheford H., *The Forgotten Books of Eden*, Kessinger Publishing Company, Montana, EE.UU., reproducción de edición publicada en Nueva York en 1927 por editorial desconocida.

Robinson, James M. (ed.), *The Nag Hammadi Library*, Harper Collins, San Francisco, 1990.

Scuchat, Wilfred, *The Garden of Eden and the Struggle to be Human According to the Midrash Rabbah*, Devora Publishing Company, Jerusalén, 2006.

Vermes, Geza (ed.), *The complete Dead Sea Scrolls*, Penguin.

Wiesel, Elie, *Messengers of God: Biblical Portraits and Legends*, Simon and Schuster, Nueva York, 2005.

INTERNET

Google Earth
Wikipedia